玫瑰

〔柬〕涅·泰姆 〔柬〕努·哈奇／著

邓淑碧／译

江苏凤凰文艺出版社

目录

001 珠山玫瑰

071 枯萎的花

珠山玫瑰

[柬]涅·泰姆

珠山玫瑰

一

十二月的一天傍晚，北风呼啸，夕阳斜照，不一会儿，大地被夜幕笼罩。一弯冷月挂在空中，惨淡的月光照在马德望市圆形市场西边的一座破旧的高脚屋上。这幢两层的高脚屋是木结构的瓦房，有圆形立柱、板墙，墙上刻有天狗吃月的图案，下面写着"吉祥之家"，一看便知这是一幢有久远历史的典型老屋。屋里幽暗的煤油灯光下，躺着一个生命垂危的老人，他身旁坐着一个面目清秀的小伙子，他就是老人的儿子，叫吉德拉。吉德拉已三天三夜未曾合眼，但仍强打精神，照顾病中的父亲。

疾病折磨着老人，使他不时发出痛苦的呻吟。他吃力地睁开眼睛，凝视着儿子。老人满是皱纹的脸上掠过一丝苦笑，声音颤抖地说：

"孩子，夜深了，怎么还不去睡觉呀？快去睡吧！"他担心儿子因接连几天熬夜而病倒。

吉德拉缓缓地摇摇头，轻声答道：

"爸爸,我不困。您还没有吃药呢!大夫要您按时服药。"

老人叹了口气说道:

"唉!这汤药我不知喝过多少回了,但总不见好。我知道,我得的是不治之症,这汤药并不比河水强!"老人心里明白,对他的病来说,那些药已没有任何效验了。

吉德拉正想安慰父亲几句,一个中年男子突然出现在门口。吉德拉一看,原来是给父亲看病的斯阿特大夫。大夫凑到老人跟前,问道:

"大伯,今天好些吗?"

"啊!阿弥陀佛!"老人听出是大夫的声音,感激地说:"先生,真对不起,我的眼睛都花啦,看不见您坐在什么地方。"

吉德拉听着,不由得泪如雨下,转过脸来,以恳切的目光注视着大夫,央求他想方设法挽救父亲的生命。然而,这个曾从死神手中夺回过许多生命的大夫,无可奈何地摇了摇头,低声对吉德拉说:

"看来,你父亲熬不过今夜了。"

老人嘴唇发紫,气喘吁吁地说:

"我知道,我活不到明天了。但我并不遗憾,生老病死是自然规律,死后转世投胎,就让老天爷去安排吧!"他转过脸对儿子说道:

"孩子,我苦命的孩子,可怜你妈死得太早。我死后,你就会像河里的木头,顺水漂浮、无依无靠了。"

吉德拉心里一酸,喉咙哽咽得一句话也说不出来。大夫看到这情景,转身看着窗外,抑制不住流下同情的眼泪。

老人断断续续地说:

"孩子,你一定要牢记,世上最珍贵的是一颗纯洁的心和一双勤劳的手。你要做一个对社会有用的人,要是你能做到,我在九泉之下也会感到欣慰的……"

这时,大夫打断老人的话,安慰说:

"大伯,您不要太难过了。您的病虽说很重,但还是有希望好起来的。"

老人对大夫说:

"能好吗？大夫,我知道只有死路一条,也许明天、今晚或现在都说不定。"停了一会儿,又对儿子说:"我可怜的孩子啊!父亲很穷,没有给你留下什么遗产。我死后,只有一具遗体和要交代的话。孩子啊!要努力学习,拿到中学文凭。唉,从今往后,父亲再也不能帮你了。"

吉德拉泪如泉涌,泣不成声地说:

"爸爸,您的每一句嘱咐我都记在心里,我一定照您的话去做,请放心吧!只要我活着,我一定为家族的兴旺而努力。"

老人的呼吸更加急促,极端痛苦地挣扎着,他再次转向好心的大夫,微微翕动着嘴唇,似乎在说:"先生,您为我治病,分文不收,您的好意,我永远牢记,可我这一世不能报答您了。"

老人用几乎听不见的声音说道:"先生,孩子,我走了!阿弥陀佛……"老人骤然停止了呼吸。这时,窗外的残月也变得黯淡无光,最后消失在西边的天际。

吉德拉扑倒在父亲身上,号啕痛哭,使劲地摇动着父亲,仿佛要把他摇醒过来,但一切都无济于事了。因为世上所有的生灵都无一例外地遵循这个不可抗拒的自然规律,就连成仙的佛祖释迦牟尼也有涅槃的一天。

吉德拉料理完父亲的丧事后,突然意识到:"我确实像河里的一段木头,随波漂流,没有依靠了,但不管怎样,我要忍受一切艰难困苦,顽强地活下去。"

对别人来说,世界是广阔的、欢乐的;然而对吉德拉来说,天地就变得狭小而悲伤了。现在他孤苦伶仃,举目无亲,但不愿低三下四地乞求人家帮自己找出路,况且别人也不会轻易发善心帮忙的。他想,作为一个男子汉大丈夫,应该人穷志不短。

吉德拉站在家门口,默默地沉思着,仰望深邃的夜空,感到天涯茫茫,何处是自己的生路啊?一阵阵凉风吹拂,传来远处寺庙里僧侣们时断时续的诵经声。他转身看见那盏飘忽不定的煤油灯,往日父亲经常坐在那里卷着烟叶,现在却只剩下自己了,不觉又想起刚刚去世的父亲,不知道该依靠谁,止不住落下辛酸的泪水。

这时,斯阿特大夫径直来到吉德拉家。吉德拉恭敬地请他进屋。大夫关切地问道:

"孩子,你好吗?"

"多谢您的关照。我身体倒还好,只是心里感到悲伤和孤单。父亲走后,我脑子一片空白。"

大夫同情地点了点头,又问:

"那你打算怎么办呢?"

吉德拉焦虑地回答:

"我还没有找到合适的工作,看起来各种工作的要求都很高。我原来在学校里学的知识远远不够用,只能看看信函,看懂电影院或剧场的节目单而已。"

大夫恳切地说道:

"我很同情你的处境。你是个男子汉,应该面对现实。"稍停了一会儿,好像在琢磨什么。见吉德拉沉默不语,大夫微笑着顺口说道:"我想起来啦!我有一个叔父,是一座宝石矿的矿主,他可是个好心人,他那里常年需要招收工人。你愿意去吗?不过,一开始活计可能会累一些。"

吉德拉一听,脸上露出了微笑,连忙答道:

"只要有工作做,能养活自己,不被别人耻笑,什么苦我都能吃,什么重活我都能干,就是挖矿井、当搬运工,我也愿意。"

大夫满意地笑了,赞叹说:

"一个男子汉能有这种精神是可贵的。但是告诉你,干活的地点不是在本地,而是在拜林县。"

一听说在拜林,吉德拉顿时收起了笑容,有些失望地说:

"啊!在拜林?听说那里疟疾闹得很厉害,只有缅族、哥拉族等少数民族在那里谋生。我担心自己去后会水土不服。"

大夫劝导说:

"的确是那样,但那里得病的人大多是因为不懂卫生常识而引起的。你是知书达理的,再说疟疾这种病是不分民族的,只要注意预防,不会轻易得的。"大夫停了一下,又说:"我叔父过去在政府部门当官,现在大约五十岁了,他为人厚道,矿工们都很尊敬他。两三个星期之前,他给我寄来一封信,说让我帮他物色一个可靠的人去那里工作,我就想起了你。开采宝石的事,得让诚实的人干才放心。"

吉德拉说:

"我可从来没干过这活儿!"

大夫见他有想去的意思,便鼓励说:

"这不要紧,慢慢学嘛!总比闲呆着强。假如你同意,我马上介绍你到那儿去。我相信,你会干得好的。"说完,大夫便写了一封信递给吉德拉,就告辞了。

吉德拉连忙向大夫合十致礼,感动得热泪盈眶,一句话也说不出来。

二

当夜,吉德拉就收拾行李物品,过了半夜才上床睡觉。他为找到工作而激动、兴奋,久久不能入睡。

东方晨曦微露,圆形市场的大钟当当地敲了五下。吉德拉立即起床、洗漱,然后带上大夫的亲笔信,扛起行李,关上空荡荡的破屋,径直朝汽车站走去,赶乘开往拜林的头班长途汽车。六点一刻,汽车开动了。吉德拉看着窗处的景色,满脸愁容地想起刚刚去世的父亲,如今又只身一人远走他乡去谋生,心中不免无限惆怅。为了不让同车的人看出自己的心事,他装作若无其事的样子,同邻座的旅客攀谈起来。

从马德望到拜林的路程虽然不太远,但大都是蜿蜒狭窄的盘山公路,汽车左拐右弯,颠簸摇晃,艰难地行驶着。吉德拉联想到,人生的道路同这旅途一样,不会笔直平坦的。快到拜林时,但见稀疏的村落,起伏的山峦,苍翠的丛林,以及林中的鸟儿、野兽。眼前的景色使他情不自禁地更加思念自己的父亲,泪水在眼眶里直打转。

上午十一点,汽车顺利地到达拜林县镇。吉德拉走出车站,打听矿主的地址。一个缅族人告诉他,矿主就住在镇北约五百米远的一条公路附近,门口挂有一块"宝石大楼"的牌子。吉德拉按照那人的指点,来到大楼门口,看了看牌子,徘徊半天,不敢进去。这时,从里面走出来一个缅甸籍工人问道：

"先生，您找谁？"

"我是来找矿主先生的。他在家吗？"

"主人在楼上，请跟我来。"那人把吉德拉领上楼，让他在一间会客室里等候。

不一会儿，一位满头银丝、精神矍铄的老人健步走了进来，客气地问：

"你找我有什么事吗？从哪儿来的？"

矿主是拜林县有名的宝石商，待人和蔼可亲。吉德拉立刻判断出眼前这位长者就是自己要找的矿主，便连忙起身，很有礼貌地合十致意：

"是的，斯阿特大夫托我给先生捎来一封信。"说着，便从衣兜里掏出信来，递给矿主。

"噢！斯阿特，是我的侄子。"矿主看完信后，又把来人打量了一番，说：

"你叫吉德拉？今年多大啦？"

"是的，今年二十一岁。"

"矿上的活很累,每天得劳动五六个小时,看你这样身体单薄的年轻人,吃得消吗?"

"别人能干的,我也一定能干得了。请先生放心!"吉德拉响亮地回答。矿主一听,满意地点了点头。

吉德拉补充道:

"人生在世,不应怕苦怕累。我有力气,不管是轻活重活,好好干活就是了。"

矿主赞许道:

"你说得很对!那就这么办吧,我马上给你安排个合适的工作。目前,东边的矿井正在开挖,那里发现了一种非常有价值的宝石。明天一早,我领你去。你试着先干一段时间,月薪暂定为一千五百瑞尔,如果干得好,还会有奖励。"

吉德拉点头表示同意,并双手合十,再三表示感谢。

这时,传来有人上楼的脚步声,吉德拉回头一看,一个皮肤白皙、容貌俊秀的姑娘映入眼帘。她那双动人的眸子像黑宝石一样熠熠放光,亭亭玉立的体态宛如一朵含苞欲放的玫瑰,只是举止有些傲慢。姑娘以好奇的目光注视着吉德拉,吉德拉也目不转睛地凝望着对方。

矿主对女儿说:

"孩子,今天爸爸又招收了一名新工人,他叫吉德拉。"

姑娘缓缓地朝她的父亲走过来,指着吉德拉,娇声娇气地故意问道:

"爸爸,就是他吗?"

矿主微微点头,转过脸对吉德拉介绍说:

"吉德拉,她是我的独生女,叫琨娜莉。"

吉德拉连忙向琨娜莉合十致意。琨娜莉只是傲气十足地点点头,又仔细地从头到脚打量着这个新来的工人,不满地对父亲说:

"爸爸,你看这个人长得那么瘦,像个鸦片鬼似的,哪有力气挖矿呀?"

吉德拉当面遭到姑娘奚落,十分难堪,但他沉着从容地回答说:

"小姐,不应当把诚实的人当作傻瓜,更不应当把瘦小的人看成弱者。我是长得瘦些,可力气并不小啊!"

琨娜莉眉头一皱,显得很不高兴,因为她还从没遇到过哪个人敢于这样当面顶撞自己。

矿主见到这尴尬的场面,就对吉德拉说:

"得了,得了,吉德拉,别计较这些了。你刚来,路上辛苦了,先去休息吧!"

三

吉德拉正式当上了宝石矿上的工人,开始了新的生活。父亲的临终嘱咐时时萦绕在耳边,要清清白白地做人,勤勤恳恳地干活。他干起活来从不挑肥拣瘦、拈轻怕重。他为人正直忠厚,乐于助人,来到矿上没几个月就博得了矿工们的一致称赞,矿主对他也很满意。

吉德拉在矿上干活已经六个月了,他从开始时觉得陌生、新奇到逐渐习惯,而给他印象最深的是矿主的女儿——才貌出众的琨娜莉。她真像一朵带露初放的玫瑰,呈现着艳丽的色彩,散发出馥郁的芬芳。吉德拉独自坐在房间时,就不由自主地想起她,连自己也感到纳闷儿,为什么琨娜莉的倩影总是闪现在眼前？他问自己,难道我真的爱上她了吗？她虽长得美貌,但过于高傲自恃,再说又是矿主的千金,我哪敢高攀啊！常言道：地位低下莫高攀,胳膊太短难抱山。他竭力不去想她,然而,奔腾的情感犹如脱缰的野马,纵横驰骋,难以驾驭。

琨娜莉也觉得这位新来的工人确实与众不同,不像有的人喜欢阿谀奉承、巴结主人,而是胸怀坦荡、谈吐直率,从不怕得罪人,说起话来句句中听,还有不少新名词。有时她听见吉德拉轻轻地哼着忧伤的小调,偶尔也听到他唱起欢快的歌曲。她断定,这工人至少念过中学,颇有点文化修养。

一天晚上,一轮圆月爬上了树梢,洒下一片银辉。琨娜莉头插一朵娇艳的玫瑰,身穿粉红色上衣、浅蓝色筒裙,步履轻盈地走下楼来,和一位年轻女佣人一起到院子里散步,院子里绿草如茵,花香四溢。琨娜莉一面悠然而行,一面把目光投向吉德拉的那间小屋。屋子里没有一丝灯光。她便带着女佣人绕过草坪,悄悄来到吉德拉窗外的花丛中,一阵悠扬悦耳的歌声轻轻飘来：

> 我们是追求进步的青年，
>
> 满怀激情让青春闪光，
>
> 我们走进崭新的学堂，
>
> 团结互助奋发向上，
>
> 牢记我们的使命担当，
>
> 好儿女志在四方，
>
> 共建美丽富饶的家乡，
>
> 献出我们的青春和力量。

月光透过窗户，照进屋里。琨娜莉清楚地看到吉德拉舒展地仰卧在床上。她贸然敲了两下门，吉德拉猛然翻身下床，连忙开门，一看原来是琨娜莉，先是一怔，转而喜形于色地请她进屋：

"琨娜莉小姐，请坐吧！"吉德拉边说边搬来一把椅子，"你来到这里，我太高兴啦！"

琨娜莉显出不以为然的神色，环顾四周，责备道：

"谁说我找你玩哪?"

吉德拉忙问:

"小姐,你上这儿来,一定有什么事吧?"

琨娜莉直截了当地说:

"我是听人家唱歌来的,刚才是谁在唱《青春颂》呢?"

吉德拉故意装作不知,反问道:

"对不起,什么《青春颂》?我从来就没听说过。"

琨娜莉气得脸都红了,责怪说:

"装傻,刚才明明是你唱的,别骗我了。"

"噢!原来是这样,我也不知道是谁唱的呀!别说《青春颂》,就连每年赛龙舟时的小调我也不会哼一句。"

琨娜莉语气肯定地说:

"我亲耳听见歌声从这里传出来的,不是你,难道还能是别人吗?"

吉德拉笑着说:

"我已经告诉你了,我不会唱歌。要是我会唱的话,现在就唱给你听了。"

"得了,得了,别说啦!"琨娜莉边说边怒气冲冲地走了出去。吉德拉连忙上前阻拦说:

"既然来了,又何必那么着急走呢?"

琨娜莉毫不理会地回答:

"我该回去睡觉了。"

吉德拉竭力挽留:

"琨娜莉小姐,你不想欣赏这美丽的夜色吗?"

琨娜莉轻蔑地说:

"我喜欢这美好的夜晚,但讨厌那不懂感情的傻瓜。"

"这里没有傻瓜!"吉德拉无意再争论下去,便诚恳地邀请她:

"咱们到花园里去散散步,多明朗的月色呀!"

不知是何种魅力,促使琨娜莉欣然接受吉德拉的邀请,她兴致勃勃地走在前头,和女佣人一起来到枝繁叶茂的缅桂树下,在一张长条椅上坐了下来。吉德拉坐在旁边翠绿的草地上,仰望群星闪烁的夜空,指着银盘似的圆月对琨娜莉说:

"琨娜莉,你看今晚的月亮多明亮呀!"

琨娜莉缓缓地点了点头。

吉德拉语气温柔地说：

"这明月能给人以多么宁静甜蜜的感觉啊，又能引起多少魂牵梦萦的思念呀！"

琨娜莉静静地听着，觉得他说起话来文绉绉的，既有丰富的词藻，又有深刻的含义。吉德拉见她低头沉思，便问道：

"琨娜莉，假如你独自坐在这里，你也一定会思念远方的亲人吧？"

"是的，那是肯定的。"

吉德拉颇有感触地说：

"我也常常怀念着亲人。"他停了一会儿，又问道：

"我来这里后，怎么一次也没看见你的母亲呢？"

"我从小就失去了母亲。"

"噢！原来是这样，不过比起我来，你还是很幸福的。"

"你母亲也不在世了吗？"

"是的，我是没有双亲的孤儿。"

这时,琨娜莉看到吉德拉满面愁容,想必他心情非常忧郁沉重。过了一会儿,吉德拉慢慢抬起头来,对琨娜莉说:

"琨娜莉,你作为一个女孩子,如果独自与穷困生活做斗争,那会是什么滋味呢?"

接着他以坚定的语气说:"我是个男子汉,能忍受这一切,有时,我一天没饭吃也熬过来了。我要顽强地活下去。"

琨娜莉依然默默地听着,但内心很不平静,对眼前这个青年既表示深切的同情,又怀着由衷的敬意。她想,要是自己落到这个境地,可真不知该怎么办啊!

"那你来这里后,感觉好些了吗?"琨娜莉以试探的口吻温柔地问。

吉德拉看了她一眼,爽朗地说:

"那当然比原来好多啦!在这里,我对各方面都很满意,再也不会忍饥挨饿了。如果拜林一直对我这样仁慈,那我就在此落地生根了。"

拜林的山区比马德望省其他地方的天气更凉些,这时人们可以听到树上的露水滴落在草地上的声响。草地上的

露珠在月光的映照下闪闪发亮。一阵阵晚风吹来,使人感到几分凉意。吉德拉站起来,看了看天空,轻声地说:

"琨娜莉,时候不早了,请回去休息吧!这么凉的天气很容易感冒的。"

不知是什么原因,琨娜莉像一个听话的小孩,温顺地站了起来,深情地看了吉德拉一眼,便往大楼走去。她自己也难以解释,为什么如此轻易地听从一个普通矿工的话。但她也明白,如果这样呆久了,真的会感冒的。

四

翌日清早,吉德拉同往常一样,扛着铁镐,大步流星地朝矿井走去。当他路过矿主的大楼时,偶然瞥见琨娜莉和矿主坐在小汽车里,看样子是要到桑歧镇上采购物品。司机老孙正在发动汽车,但好一阵只听到响声,却不见车动,他累得满头大汗。这时,矿主大声问司机:

"怎么啦?车子坏啦?"

老孙用毛巾擦了擦汗,摇摇头说:

"不知怎么回事,昨晚我洗车时还好好的。"

吉德拉连忙走过来,向矿主和琨娜莉合十敬礼后,问道:

"先生,你们要上哪儿去?"

"到桑歧县去接副县长,不巧车子坏了。"

琨娜莉担心地问父亲:

"爸爸,那我们去不成了吧?"

吉德拉上前说:"让我试试看。"随即打开车盖,仔细查看了一遍,拿起扳子拨弄着,然后微笑着对司机老孙说:"刚才这儿有点小毛病。你再发动一下,这次肯定行了。"

这时果然行了,在场的几个人转忧为喜,脸上同时露出了笑容。老孙拍拍吉德拉的肩膀,伸出大拇指称赞说:

"年轻人,真有两下子啊!"

矿主也夸奖吉德拉,问他:

"吉德拉,你真行啊!什么时候学的?想不到你还会修车呢!"

吉德拉欠身答道:

"没有正式学过,曾经开过车,小毛病还能应付。"说罢便扛起铁镐干活去了。

司机老孙一听吉德拉曾经开过车,便向矿主请假说:

"先生,今天早上我老伴从家乡来,中午就要回去。我想请半天假,请先生让吉德拉代替我出一趟车吧!"

矿主考虑了一下,便转身问吉德拉:

"你替老孙开一天车,好吗?"

吉德拉见老孙那恳求的神态,便欣然答应:

"好吧,我送你们去!"

老孙上前紧紧握住吉德拉的手,高兴地说:

"太感谢你了,小伙子!"

吉德拉立即把挖矿的工具放回原处,换上司机制服,登上驾驶室,熟练地把汽车开出了院子,直往桑歧县的方向驶去,一路顺利地到达了目的地。

矿主和琨娜莉下车后,朝县公署走去。大约半小时之后,只见琨娜莉一个人先出来了。

吉德拉问道:

"琨娜莉,你爸爸呢?是不是你先回去?"

"不!你还得陪我一块儿上街买点东西。喏,篮子,你提着吧!"

吉德拉一阵犹豫,心想,长这么大,还从未拎着篮子跟在一个姑娘后面走过呢!而这一次不同,琨娜莉是自己的女主人。她父亲给自己发工资,还提供住处,即使这样做有失体面,也得听从主人使唤。他便伸手接过篮子,紧紧跟在这年轻美貌的姑娘后面走着。

他们俩来到菜市场。琨娜莉对他说:

"你去问一下鱼多少钱一斤?挑两条大的,回去红烧。"

"我从来没上街买过菜,也不会讨价还价。"

"没关系,你先去问价钱,我来砍价好了。"

"还是你自己去吧!"

吉德拉的固执惹得琨娜莉很不高兴,她再也没说什么,就自己去买了。她把两条大鱼装入吉德拉的篮子后,故意从一家商店转到另一家商店,来来回回走了好几趟,买了许多杂七杂八的东西,篮子早就装满了,吉德拉只好用另一只手抱着,用胳肢窝夹着,步履蹒跚地跟在后面。琨娜莉却空着手,看着他那副狼狈相,暗自觉得好笑。最后,她又绕了一个大圈子,才回到停车的地方。吉德拉好不容易把东西放进车子的后备箱里。

琨娜莉生气地说:

"哟!故意把东西砸在我头上吗?"

吉德拉说:

"对不起,东西太多,太重了。我是放在车上的。"

琨娜莉又说:

"当心,你不要太下贱了。"

累得满头大汗,气喘吁吁的吉德拉说不出话来,只是嘿嘿地笑笑,仿佛对小姐有意的捉弄毫不介意似的。然后,两人坐在车里,谁也没有说一句话。

不一会儿,矿主和一个三十多岁的男子走了过来。那男子长着一副长脸,鹰鼻鹞眼,头戴白色礼帽,身着西服,脚上穿白袜子和红皮鞋。吉德拉一见,一种难以名状的憎恶感油然而生。

矿主对吉德拉说：

"我们该动身回去了，天色已经不早了，我们又没带枪，晚了怕路上发生意外。"于是，副县长和矿主一起上车，并排坐在后车座，琨娜莉坐在中间。吉德拉心里嘀咕着，这个令人讨厌的副县长，前边有宽敞的地方偏不坐，却要挤在琨娜莉身旁。琨娜莉笑嘻嘻地问副县长：

"先生，您带枪了吗？"

副县长拍了一下自己的屁股，说：

"放心吧！我带了支手枪。"

矿主坦然笑着说：

"只要有枪就安全了。"接着又对吉德拉说：

"现在就开车吧！看来得下午四点才能到家。"

吉德拉马上发动汽车，踏上归程。只见公路两旁沃野千里，一马平川，满目是绿油油的稻田。汽车驶过了几个城镇后，渐渐来到茂密的丛林，公路弯弯曲曲，有几段路面坑坑洼洼，车子颠簸摇晃地行驶着。吉德拉从反光镜中看见副县长总是和琨娜莉有说有笑，心中很不是滋味儿，又想起买鱼时所受的窝囊气,更是妒火中烧。于是,他故意把车子开往路旁的一个浅水坑,嘎的一声,车子就陷在那里不动了。

顿时,三个人都大声惊叫起来。副县长从座位上颠了下来,摔了个屁股蹲儿;矿主用手摸着被车顶碰疼了的头;而琨娜莉也歪斜身子紧紧抓住扶手。副县长责骂道:

"没见过这么蹩脚的司机!"

琨娜莉也没好气地说:

"你不会开车,还是怎的?"

吉德拉对矿主解释道:

"请原谅,要不是往路边拐,车子的前轮就会撞在树墩上,那肯定要出事故了。"

矿主皱了皱眉头,仿佛理解了他的意思。吉德拉重新发动车子,继续向前行驶。琨娜莉早已觉察到吉德拉的心思,只要她和副县长一热乎,车子就颠簸摇晃起来,或者开错了路,使得她不敢再和副县长说话了。

汽车行驶了一阵,又突然停了下来,火也熄了。吉德拉连忙跳下车来,打开车盖检查。他撇了一下嘴,显出无可奈何的样子。这时,矿主也下车,着急地问：

"怎么样？能修好吗？"

吉德拉失望地摇了摇头：

"汽缸坏了,这我修不了,要到修车行换个新的。"

琨娜莉长叹了一口气：

"这下可完啦!"说着便失望地躺倒在座位上。

副县长来到吉德拉跟前,指责道：

"你怎么这样开车呢？瞧你把车子都搞坏了!"

吉德拉理直气壮地答道：

"你不是亲眼看见的吗？别人怎么开,我就怎么开。"

副县长咬牙切齿地说：

"如果不是刚才陷在坑里,车子也不会坏成这个样子。"

吉德拉反问：

"噢!你觉得我是故意陷到坑里的吗？"

副里长挑刺儿道：

"明明有路,你为什么不直着开？"

吉德拉辩解：

"你要这么说也行。反正我不是故意的。"

副县长没好气地说：

"你说话要注意点！"

吉德拉不服，说：

"我说话够礼貌的了。"

副县长反唇相讥：

"你干嘛那么凶呀！你不过是人家雇佣的工人嘛！"

吉德拉毫不退让：

"我可不是你副县长雇的工人。"

矿主不愿听他们这样无休止地争论下去，连忙劝阻说：

"都别说了，事到如今，争吵又有什么用呢？"

琨娜莉焦急地问：

"那我们怎么才能到家呢？"

矿主回答：

"是呀！我也不知道该怎么办？"

吉德拉走近矿主，建议道：

"我们还是先等一下,只要后面有车开来就好办了。要是没有车来,就只好在这里过夜了。如果步行,恐怕半夜才能到家。"

矿主长叹一口气。琨娜莉忧心忡忡地问:

"爸爸,我们就在这林子里过夜吗?"

矿主紧锁眉头说:

"看来只能这样喽!现在已经四点多了,要是走着回家,你愿意吗?"

琨娜莉瞪大眼睛,直摇头:

"不,不行!我从没走过这么远的路,还没等走到家,我就该累死了!"

吉德拉听了,忍不住笑出声来。琨娜莉转过脸,盯着他问:

"你笑什么?"

吉德拉指着一棵树说:

"我在笑树上的一只松鼠呢!它从一棵树跳到另一棵树,没抓住,结果掉在地上,直哆嗦。"

琨娜莉气呼呼地说：

"别人都在发愁，你却幸灾乐祸。"

吉德拉平静地说：

"我笑松鼠这样四只脚的动物也有失足的时候。"

琨娜莉缄默不语，似乎觉察到了他话中的含义，显示出嗔怪的神气。吉德拉多次和她接触，已熟悉她的性格了。他觉得，作为一个姑娘，有点这样的表情，只要不过分，也是一种美。

琨娜莉感到，这个工人虽然有些傲气，但说起话来，言简意赅。她很爱听，愿意和他交谈。

这时，副县长绕过汽车，来到琨娜莉身边，板起面孔说：

"你干嘛老跟这种人说话？甭理他！"

"我跟他说话又怎么啦？"

"他蛮不讲理。"

"倒不是不讲理，就是有点傲气，但干起活来可卖劲啦！"

"他是新来的吧？以前没见过这个人。"

"是的,他来矿上才六个多月。我父亲见他是孤儿,非常同情,就收留了他,派他到东边新开的矿井干活。"

这时,矿主叫他的女儿:

"孩子,准备生火做饭吧!我都饿了。让吉德拉帮你找柴火去。"

吉德拉走过来,问琨娜莉:

"除了找柴火,还让我干点什么?你尽管吩咐吧!"

琨娜莉说:

"先找三块石头支灶,再找点干树枝把火生起来。"她转过身又对副县长说:"先生,劳驾您去车上把两听肉罐头和一些荷兰豆拿来,然后您就负责烧饭。"

于是,他们两人便分头执行各自的任务。吉德拉找来三块大小合适的石头,放成三角形,还背来了一大捆柴火。"还要我干什么呢?"他问琨娜莉。

琨娜莉指点着:

"先煎鱼,然后做个牛肉炒荷兰豆。啊!糟了,还没有锅呢!你得想法找个锅才行。"

吉德拉挠着头说：

"哟,这怎么办呢？这里又不是桑歧镇,到哪儿去找啊？"

琨娜莉长叹一口气说：

"你呀,真傻！只要找个扁平的、能炒菜的东西就行了！"

吉德拉恍然大悟：

"啊,原来是这样！"说罢,便往车子跑去,掀开坐垫,找到一只铜盘,大声问：

"琨娜莉,你瞧,这个行吗？"

琨娜莉用微笑代替回答。吉德拉第一次看见她这样深情的微笑。

琨娜莉把铜盘擦洗干净,放在石块支起来的灶上,然后,往盘里放上猪油。吉德拉用糖棕叶使劲地扇火,一时弄得烟雾弥漫,直到琨娜莉摆手示意,他才停了下来。

吉德拉问：

"你就光吃肉,不烧饭啦？"

琨娜莉对吉德拉说：

"哟，我都忘了！还得找个做饭的锅呀！"她用求助的眼光看了看吉德拉。

吉德拉又往汽车跑去，从车里找到一个黄油桶。他把里面的黄油刮下来包好。一边把空桶递给她，一边问："你看，这行吗？"

琨娜莉笑吟吟地点点头，笑得那样亲切自然，接着又问：

"到哪儿弄水呢？"

"不要紧，我有办法。"吉德拉蛮有把握地说。他跑去打开汽车的水箱。往桶里装上水，递给琨娜莉。

矿主看见吉德拉跑来跑去地忙乎着，便对女儿说："这小伙子真能干，幸好是他跟我们一起来，要不我们都得饿肚子。"

烧饭的任务本来是交给副县长的，可他什么也不干，什么都不会干。他自己心里也明白，在这方面和吉德拉相比差远了，只好呆呆地坐在一旁，等着吃现成饭。

饭菜都做好了,吉德拉忙着给矿主盛饭、端菜,他和琨娜莉用树叶包着饭吃。副县长却用一张报纸托着吃。就这样,他们四人在林中总算度过了一道难关。

五

残阳如血,西边的天空抹上了一层绚丽的晚霞,一会儿工夫,森林被暮霭笼罩着。吉德拉找来了许多枯枝败叶,燃起熊熊的篝火。矿主由于一天旅途的劳累,吃完饭就躺在车里睡着了。琨娜莉和副县长坐在一根倒在地上的树干上亲切地交谈着。

沮丧的吉德拉独自坐在篝火旁抽烟。他目不转睛地注视着那噼啪作响的篝火,思绪纷乱,不时地长吁短叹,以缓解心中的郁闷。人在极度难过时都会有这样的反应,更何况吉德拉是出于对一位姑娘的爱恋。他想,双方的家境相差悬殊,自己想得到她就像摘天上的星星那么难。他承认,自己已经爱上矿主的女儿,但世上男女之间纯洁的爱情是不以阶层、地位来划分的。他很想采摘这朵珠山上的玫瑰,转念又想,现实是自己的胳膊短,根本无法抱住大山。自己单相思,只能更痛苦。这时,一支烟已抽完,他只好叹口气,又接着再点燃一支烟。虽然他竭力想控制自己,但怎么也无法平息那感情的狂澜。

当看到琨娜莉和副县长在情投意合地交谈,更使得他愤恨不已。他猜想,这位有钱有势的副县长可能还是单身,而矿主的女儿又年轻漂亮,他们是不是在谈恋爱呢!而我自己却是这个样子,差得太远了,即使琨娜莉敢于爱上我,那她也会担心有损于她家的声誉。因为我是个工人,而且是她家雇佣的工人,没地位、没财产、没职业,我不应该产生爱她的念头,真是癞蛤蟆想吃天鹅肉。想到这里,心中十分纠结。最终,他认为关键还取决于琨娜莉,这时,他又长叹一口气,似乎心里畅快了一点儿。

在这时,他听见一阵轻轻的脚步声,扭头一看,只见琨娜莉拿着一支手枪正朝他走来,亲切地问:

"你困了吗?"

"我不困,可能还没到十点钟吧!在森林里,好像快半夜了。"

"那好,你拿着这支手枪先警戒一下,什么时候你困了,就叫醒副县长,让他来替你。"

吉德拉接过手枪,问道:

"你也困了吧?"

"白天太累了,我想早点休息。"

"在这深山老林里过夜,你不害怕吗?"

"有点怕。"

"那你陪我坐一会儿,好吗?"

"你也害怕呀!"

"倒也不是,怕一旦睡着了,耽误事。"

吉德拉见她沉默不语,便岔开话题,问道:

"你想家吗?"

"当然想喽!我和爸爸都出来了,家里没有人。"

吉德拉安慰说:

"不要紧,明天一早我们就到家了。要是半夜还没有汽车路过这里,我就连夜步行赶回去,明天一早,我再开一辆车来接你们。"

"路那么远,你行吗?"

"不管行不行,我都应该先走回去,否则,我们都得困在这里。"

琨娜莉听了,暗暗敬佩他的勇气。吉德拉指着夜空说:

"你瞧,月亮和它旁边的一颗星挨得多近呀!多么美丽的夜色呀!我很喜欢。"

琨娜莉仰望着,会心地嫣然一笑。这时,她对吉德拉产生从未有过的异样美好的感觉,一点也不讨厌他,而是更喜欢他了。自己过去那种傲慢自负的态度也在慢慢放下,变得温柔起来。吉德拉看着她,仿佛是一朵含苞欲放的玫瑰在自己的身边,一股情感的激流在他心底汹涌澎湃,可他的脸上仍显得风平浪静。

琨娜莉见他若有所思地沉默着,便低声问道:

"怎么,你不高兴啦?"

"我感到孤单。"

"思念家乡的姑娘啦?"

"不是的,我的家乡是那些有钱人的乐园,而我是个穷光蛋,没有什么可牵挂的。"

"那么拜林你喜欢吗?"

"对,我爱拜林这个好地方,还想待上一辈子呢!"

"既然如此,纳(音译,'你'的尊称)为什么还闷闷不乐呢?"

当琨娜莉用"纳"来称呼吉德拉时,吉德拉觉得有些惊讶,默默地直视着她,看得她两颊绯红,羞赧地把脸转了过去。

"你用'纳'来称呼我,我不敢当,还是像过去那样,叫我的名字好了。"

"我喜欢这样称呼你!这并不过分,而是出于礼貌,对了,你说说为什么爱上我们拜林这个地方呢?"

"拜林有优美的风景,新鲜的空气。我有了正当的工作,可以自由自在地生活,还有……"

琨娜莉见他欲言又止,便追问:

"还有什么?"

吉德拉停了一下,又看了看琨娜莉,喃喃自语道:

"还有,还有……爱情。"

琨娜莉轻声重复着:

"爱情!爱情!"

"是的,纯真的爱情,也是我的初恋。"

"那你爱的是谁呀?"琨娜莉故意问。

"是个漂亮的姑娘。"

"我知道是个姑娘。她住在哪儿?叫什么名字?是我家北边孟约克矿主的女儿马蓉吗?"

吉德拉摇摇头。

"是司机老孙的女儿波玛?"

吉德拉又摇摇头。

"要么是住在我家前面的卖冰棍的陈叔叔家的阿妹吧?"

吉德拉还是摇摇头说:

"都不对,我爱的是个高贵人家出生的姑娘,我高攀不上。我的爱情很可能是一场虚幻的梦想,不会变成现实的。"

琨娜莉听到他如此伤感的肺腑之言,恨不得立即把一颗真诚的心掏出来向对方表白:我是爱你的。但她觉得事情进展得似乎快了些,还没有足够的思想准备,难于启口。而她的内心仿佛在向他倾诉:吉德拉呀!我深深地爱慕着你,这种情感不是现在才产生的,是在几个月前就萌发了。

熊熊的篝火收敛了它的烈焰,慢慢暗淡下来。远处传来鸡叫声,蝉鸣声打破了山林的寂静。依稀可见起伏的群山,连绵不断,好像威严的山神守护着这万籁俱寂的森林。吉德拉站起来,舒展了一下筋骨,关切地对琨娜莉说:

"夜深了,你到车里和你父亲一块休息吧,有我在这里守卫,放心地睡吧!"

琨娜莉缓缓地站起,微笑着说:

"那你呢?"

"我还不困,你先去歇着吧!只要有我在,就没有谁敢碰你一下!除非我先死,今夜我将用生命来保护你。"

话音刚落,吉德拉惊叫道:

"不好了,琨娜莉!你看见没有?那边有火光!"琨娜莉转过身来,朝他手指的方向看去,果然看到在离他们一公里左右的地方火光闪闪,而且越来越近。她不由得缩着身子,瑟瑟发抖,预感到一场灾祸就要降临。她下意识地向吉德拉跑去,紧紧地抓住了他的手。

吉德拉一面把子弹顶上枪膛,一面吩咐琨娜莉马上叫醒睡在车里的矿主和副县长。

矿主惊慌失措地问:"发生什么事啦?"

吉德拉指着越来越近的火光说:"您看,有人举着火把朝我们走过来了,不知道是干什么的。"

"可能是盗匪!"副县长警觉地说,于是他慌忙抄起发动汽车的摇把,当作自卫的武器。

琨娜莉吓得像刚刚出世的小动物,浑身哆嗦,死死地抓着吉德拉的手不放。吉德拉安慰说:"不用怕,你记得我刚才说的话吗?"

琨娜莉颤抖得一句话也说不出来。吉德拉早已做好充分的准备,以对付这眼前的险情。这时,林中响起了狂乱的吆喝声,紧接着子弹的呼啸声不绝于耳,有的子弹就打在吉德拉附近的树干上,发出啪啪的响声。

矿主趴在车里,吓得一动也不动。副县长钻进汽车下面。琨娜莉始终没离开吉德拉,他俩隐蔽在一棵大树后面。吉德拉举起手枪,向匪徒勇敢地还击着。

匪徒们的子弹雨点般地往吉德拉的方向射来。他们举着火把在明处,而吉德拉在暗处,他对准来犯,弹无虚发,匪徒们纷纷倒毙,还有的被打断了胳膊,打瘸了腿。然而,匪徒毕竟人多势众,一步步向吉德拉逼近,但他仍顽强地抵抗着。这时,他转过身,抱住琨娜莉小声地说:"琨娜莉,现在只剩下最后一颗子弹了,我要用生命和鲜血来保护你。我真心地爱着你。"然后,他命令道:"你赶快离开,否则,我们都得死。"

在这危急的关头,吉德拉做了最坏的打算。为了心爱的姑娘,他能豁出去用生命来保护她。自己对琨娜莉的感情不能再隐瞒了,不能错失这最后的表达机会。他鼓起勇气,大声地对琨娜莉说:"我爱你!"

琨娜莉频频点头:"我也爱你!"她含着眼泪,流露出无限的依恋,不得不朝密林跑去。

正当吉德拉向匪徒做最后一次瞄准时,突然发出"哎呀"一声惨叫,吉德拉扑倒在地,鲜血染红了全身,可他还竭力喊着:"琨娜莉,快!快跑!快……跑……"

琨娜莉不顾一切地朝吉德拉奔去。这时,匪徒们就在不远处,枪声也更加密集了……

六

旭日东升,霞光万道,窗外,一群欢乐的小鸟叽叽喳喳,在晨风中飞翔。

吉德拉一翻身,苏醒了过来,伤口的剧烈疼痛使他呻吟了几声。他环顾四周,只见桌上一个精美的花瓶中,插着一支盛开的玫瑰,上面还闪烁着晶莹的水珠,是那样的娇艳,给满屋增添了新意,给吉德拉带来了愉快。他痴情地欣赏着,最后把目光落到正坐在旁边的姑娘脸上。啊!原来是他的心上人——琨娜莉。他有多少心里话要向她倾吐啊!

可一时又不知从何说起。姑娘看出了他的心思,先问道:

"吉德拉,觉得好些吗?"语气是那样的亲昵甜蜜。

"琨娜莉,我这是在哪儿呀?怎么,我没有死啊?"

"你不会死。你不记得啦?这是你的房间,我只不过重新布置了一下。"花瓶中的露兜花散发出的香气充满了整个房间。她走过来靠近吉德拉的床边,关切地问:"你想吃点什么?"

"谢谢你,我只想知道你和你父亲都好吗?我是怎样回到这里的?"

琨娜莉告诉吉德拉:

"我和爸爸都安然无恙,请放心!在你被打伤昏倒之后,司机老孙见我们外出办事一整天都没回家,担心路上出事,就开来一辆大卡车,带领很多工人及时赶到那里。匪徒见势不妙,就仓皇逃跑了。我们立即把你抬到车上,送回家来。我爸爸连夜派人请来了医生……"

吉德拉露出了欣慰的笑容,然后问:

"你还记得当时我对你说的那些话吗?"

"记得,全都记得。干吗问这事?"

吉德拉侧过身子说:

"我真不该对你说那种话。当时之所以敢说出口,是因为我想这次碰上匪徒必死无疑,可现在我没有死,这会让我痛苦一辈子的。"

琨娜莉连忙用手捂住他的嘴说:

"你说到哪儿去啦!没有谁心肠那么狠让你痛苦。你这么好的人,谁会讨厌你呀!你不相信吗?我打心眼里喜欢你。"

"那有什么用?我们的地位天差地远。古人说得好,照镜子不看自己的身影,砌炉灶不估计铁锅的大小。谁让自己没有好的家庭出身呢!"说罢,便失望地叹了口气。

"吉德拉,别想得太多了!我只爱你一人,除了这纯洁的爱情,我什么都不要。世上没有任何力量能改变我的主意。"

"是真的吗?"

"天哪!还不相信吗?"琨娜莉有些不高兴地说。

吉德拉紧紧地握住她的手,热烈地吻着。琨娜莉也低下头,伏在他的胸脯上,两颗心按着同一个节奏在剧烈地跳动,隐藏在双方心灵深处的灼热情感毫不掩饰地迸发了出来。回想起当初琨娜莉瞧不起甚至讨厌吉德拉,这时却对他产生了真挚的爱情……

这时,传来了有人上楼的脚步声。琨娜莉连忙上前开门,矿主和大夫走了进来。吉德拉刚想坐起来,矿主连连摆手说:"别起来,就这么躺着吧!"接着转身向大夫:"大夫,你看看,今天他伤口怎么样?"

大夫仔细检查了吉德拉的伤口,敷上药,然后说:

"好多了,因为子弹没有打中要害。"

矿主对大夫说:

"阿弥陀佛!要是他当时没有挺身而出,我和我女儿不知会有多么严重的后果呢!大夫,要多长时间他的伤口才能痊愈?"

大夫看了看琨娜莉,笑着说:

"我想,如果有人精心护理,很快就会好起来的,但目前要让他静养才好。"

吉德拉向矿主和大夫表示感谢。

矿主嘱咐吉德拉:

"你安心养伤吧!等你伤好了,不用像以前那样下矿井了,帮我打理矿上的事就行了。我担心你干重活会让伤口复发。"说完,就和大夫一起走下楼去了。

在琨娜莉无微不至的照料下,吉德拉的伤势明显地好转,不久就恢复了健康。他开始了新的工作,帮助矿主把采得的宝石分类登记,给工人发工资,这样的工作比过去轻松多了,心情更加舒畅了。拜林简直就成了他的天堂。他想,一定要尽心竭力,干好这份工作。

这是一个风和日丽的天气,花园里百花盛开,姹紫嫣红,鸟儿啁啾,彩蝶纷飞。琨娜莉邀请吉德拉到花园去散步。他们在林荫曲径上并肩缓步而行,一边观赏着争奇斗艳的花草,一边亲昵地交谈。

琨娜莉温言柔语地说:

"和你在一起,我就感到幸福。"

吉德拉深有感触地说：

"真没想到，拜林的老天爷对我这样恩赐！"

琨娜莉瞪了他一眼，说：

"知道人家喜欢你，你就开始傲起来了！"

吉德拉俏皮地说：

"那你是不是讨厌我呀？"

琨娜莉故意说反话：

"很讨厌！"

吉德拉仍然笑着说：

"既然讨厌我，那干吗不让我死在森林里呢？"

琨娜莉回答：

"那不是我可怜你嘛！不然的话，老鹰早就把你叼走吃了。"

过了一会儿，吉德拉问道：

"你父亲知道我们的事吗？"

"还不知道。"

"如果你父亲知道了，他一定会怪罪我，把我赶走。我现在真的很担心。"

"这我怎么知道呢！我从来就没听到他说过什么。不过,我父亲决不是那种嫌贫爱富的人。"

"我孤苦伶仃,一无所有。"

"有你这个人就足够了。"

"那你父亲呢?"

"我了解他的品性,请你放心好了。我也更了解你的心思。"

"不见得吧?"

琨娜莉瞪了他一眼说:

"你是最会撒谎的!"

"怎么？我对你撒什么谎啦?"

"别假装了,你是在寺庙上学的吗?"

"对呀!"

"难道寺庙学堂也学数理化吗?"

"没有。"

"那我看见你房间里有这些书,上面还有你用法文写的名字呢！"

吉德拉无言以对,尴尬地笑了。

琨娜莉生气地说:

"假如你再这样,我可对你不客气了。"

"你忍心生我的气吗?"

"不信,你就试试看！我爱到什么程度,也会恨到什么程度的。"说着,琨娜莉在他的腿上使劲地拧了一下,疼得吉德拉嗷嗷直叫。他握紧她的手说:

"请相信我,以后决不再骗你了,因为我们彼此都了解了。"

琨娜莉温情脉脉地看着他,然后转换话题问道:

"近来矿上情况怎样?"

"不错,东矿井采到十多颗普通宝石;西矿井采到六七颗珍贵的稀有宝石。总共已有二百多颗了,算起来大约值一万多瑞尔。"

两个年轻人亲切地交谈着,每一句话都饱含着深情,每一个眼神都传递着心声。他们完全沉浸在热恋的幸福中,憧憬着美好光明的未来。

七

一天下午大约四点钟左右,琨娜莉和吉德拉在办公室埋头工作。琨娜莉对吉德拉说:

"打从你当我父亲的助理以来,矿上的工作进展快多了。"

这时,忽然听见一阵刺耳的汽车喇叭声。吉德拉马上站起来,从窗户往下看去,只见一辆小汽车停在大楼门口。

琨娜莉忙问:"是谁呀?"

吉德拉悻悻不乐地说:"桑歧县的那位副县长,还有一个人,我不认识。"

琨娜莉感到诧异:"咦?他又来干什么?你替我父亲出面应酬一下吧!"

吉德拉走出办公室,琨娜莉紧跟在后面。只见副县长敞着外衣,两手叉腰,神气活现地站在院子里。另一个人身材魁梧,满面横肉,肤色黝黑,眼睛凹陷。吉德拉迎上前去,彬彬有礼地说：

"您二位来有什么事吗？"

副县长抽动了一下面部神经，傲慢地站着，不答理吉德拉，而是转过身去接受琨娜莉的合十礼，然后问道：

"琨娜莉，你父亲在家吗？"

"在家，他可能在楼上书房里。你有什么事吗？"

"我有事找他，我带来一位珠宝商，准备买一批货到西贡（现今越南胡志明市）去。"副县长竭力装着笑脸，向琨娜莉献殷勤，而把吉德拉撇在一边。

琨娜莉有礼貌地对他们说：

"请上楼，找我父亲商议吧！"说罢便领着客人朝楼上走去，吉德拉跟在后面。这时，矿主正靠在藤椅上看书，见有客人来，他连忙站起来，亲切地说：

"噢！是副县长呀！请，请这边坐。"

副县长对矿主介绍说：

"我带来一位潘老板，他要买您的货。"说着，他便在琨娜莉旁边坐了下来。吉德拉站在一旁，警觉地注视着他们。

他对这位副县长和新来的客人总觉得不太放心。

矿主转过脸问潘老板：

"老板要买哪一种宝石呀？"

"我想先看看再说，如果合意的话，再议价钱，准备拿到西贡去卖。"

"那好，最近开采的宝石花色品种很多，成色也好。"矿主便吩咐吉德拉："你去把宝石取来，给潘老板看看！"

不一会儿，吉德拉端着两三盒宝石走过来，放在桌上，打开盖子，让客人看。

潘老板和副县长瞪大眼睛，贪婪地端详着这两百多颗五光十色、绚丽灿烂的宝石，不由得啧啧称赞。潘老板小心翼翼地拿起一颗，左看右看，爱不释手，问矿主：

"先生，这些宝石的成色果真不错。你准备出多少价呀？"

"不会太贵，反正要比西贡的市价便宜多了。"矿主答道。

潘老板又取出一颗，看了看，问道：

"像这一颗,得多少钱呀?"

"这种上好成色的,得二百瑞尔一克拉。这颗大概有四克拉吧!"

"太贵了,便宜一点行吗?"

"那好说,如果您买得多,可适当优惠一些。这么着吧,每克拉便宜二十瑞尔,怎么样?"

潘老板看看副县长,仿佛在征求他的意见。

矿主诚恳地说:

"潘老板,这个价钱够讲交情的了,眼下这类宝石非常稀少。"

潘老板喜形于色,连连说:

"行啊,那就这么定了!可我这次没带现钱,等明天上午再一手交钱一手交货吧!看来我得多买些了!"

矿主满口答应:

"好说,好说!什么时候来都欢迎!平时我都在家。"

潘老板点头哈腰说:"谢谢!谢谢!"然后装着笑脸说:"先生,我从未见过怎样开采宝石,您是否让我参观一下呢?"

矿主不以为意地说：

"当然可以！我家后院附近就有，随便看！"说完，便起身，"请跟我来！吉德拉，你也陪着走一趟吧！"

吉德拉很不情愿让琨娜莉留下，他不放心地看了一眼副县长，问道：

"对不起，您不去看看吗？"

副县长晃着脑袋说：

"我才不稀罕去呢！都不知看过几百回了。"

琨娜莉站起来，准备跟着到矿上去，但被副县长一把拽住：

"你忙着上哪儿去？丢下我一人多寂寞呀！"

琨娜莉用力一甩，问道：

"您到底有什么事？"

副县长见吉德拉他们都走了，忙把椅子拉过来，靠近琨娜莉，嬉皮笑脸地说：

"我的事多着呢！"

"有什么事,快说吧!"

副县长用狡狯的目光盯着她,悄声说:

"琨娜莉,我有件重大的事要对你讲,长期以来,我一直很寂寞。"

琨娜莉早已觉察到他在竭力诱惑自己,但她神色镇定,副县长以为她没有听懂自己的话,便更凑近她,亲昵地说:

"琨娜莉,请你帮我一个忙,好吗?"

"我能帮你什么忙?"

副县长说:

"如果你真心要帮我,肯定行。"

琨娜莉反问:

"你还没说是什么事呢?让我怎么帮?"

副县长道貌岸然地说:

"我会马上告诉你的,但你要保证,如果我说出来,你不乐意,可要原谅我,别生气啊!"

琨娜莉回答:

"好,我不会无缘无故地生气的。"

副县长死皮赖脸地说：

"琨娜莉，我太爱你啦！"

琨娜莉霍地站起来，怒目而视：

"你究竟要干什么？我真弄不明白，你会喜欢像我这样的女孩。"

副县长佯装笑脸说：

"你既漂亮又可爱，又聪明能干。"说着就去摸琨娜莉的手，可她一下子挣脱了，严厉地说：

"请你放尊重点！"

副县长嘿嘿地笑着说：

"我是经过再三考虑之后，才决定找你当面谈的，我真心爱你，你能否说也爱我呢？"

"你休想从我嘴里得到这样的回答。"

"你为什么不爱我呢？可怜可怜我吧！你别这样无情地伤我的心。"

"你找错人了！比我漂亮的女孩多的是，你为什么不去找呢？"

副县长以央求的口气说：

"只有你,我可以托付终身。"

琨娜莉明确地说：

"你再这样纠缠下去,那就什么也得不到了。"

副县长理屈词穷,在屋里转来转去,思索着该怎样把谈话继续下去。琨娜莉想尽快摆脱他的纠缠,走到窗前往后院望去,焦急地等待着吉德拉归来。

副县长立即挡住她的视线,若有所思地说：

"噢！我知道你为什么不爱我了。"

琨娜莉根本不想答理他,只是默默地站着。

副县长试探地问：

"你已经有相好的啦,对吗？"

琨娜莉反问道：

"你别太欺侮人了。你说的是哪个人？"

副县长满脸奸笑地说：

"我不会欺侮你的。你爱上吉德拉了,对吗？他是个帅气的小伙子,又会对你献殷勤。不过,他是个穷要饭的。"说完,哈哈大笑起来。

琨娜莉怒斥:"你太过分了,竟敢这样贬低人家。虽然他贫穷,但他却是个朴实、谦虚的好青年。的确,你有钱,可以买到一切,但不能买到我的爱情。"

副县长连忙追问:

"我还缺什么呀?"

琨娜莉轻蔑地说:

"男子汉应有的品质。其实,你比女人还胆小。"

副县长怒气冲冲地反问:

"怎么?我比女人还胆小?你居然敢这样污蔑我?"

琨娜莉厉声说:

"恕我直言,难道你忘了吗?那天夜里在森林被强盗袭击时,你敢站出来反抗吗?又是谁躲在汽车下面呢?"

副县长辩解说:

"当时我手里没有枪。你是知道的。"

琨娜莉冷笑:

"即使有枪,你也不敢还击。你这种胆小鬼,只顾自己逃命。"

副县长恼羞成怒,一把抓住她的双手,吼叫着:

"住口!我今天就要制服你的傲气。"

琨娜莉全力反抗,可她哪里敌得过一个男子。她被副县长牢牢抱住。琨娜莉大声呼喊着:"放开我,快放开!"可副县长更加有恃无恐,恬不知耻地说:"我爱你!让我亲一下。"琨娜莉拒不依从,两人便扭打起来,乱成一团……

突然,哗啦一声,门打开了,吉德拉出现在门口。他一个箭步冲上前去,猛然把副县长推开,狠狠地打了他一拳,副县长即刻摔了个四脚朝天。吉德拉怒斥:"你这人太卑鄙无耻了!"他一面说,一面跳过去。这时,琨娜莉制止说:"算了,别再打了!"副县长狼狈地爬起来,两眼露出凶光,准备报复。正巧,矿主和潘老板走了进来,看到这情景,矿主一下子愣住了连忙问:

"发生什么事啦?快把墙都震倒了,吉德拉!"

还没等吉德拉回答,琨娜莉早已扑到父亲的怀里,指着副县长,哭诉着:

"爸爸,他是个坏蛋!"

"孩子,他干什么啦?"

"他欺侮我,幸亏吉德拉及时赶到,不然……"她抽泣着,再也说不下去了。

矿主走到副县长跟前,斥责道:

"你怎么能干出这种不知羞耻的事来?我和你相处多年,一直把你当作朋友,而你竟敢欺侮我的女儿。得了,以后别再来往了。"

副县长假惺惺地说:

"我一时冲动,我错了。请原谅我这回吧!"

矿主毫不客气地说:

"我可以原谅你这回,但今后我们不会再交往了,因为你太缺德了。真可耻!门在那儿,滚!别再进我家的门!"

潘老板轻轻拍了一下副县长的肩膀,悄声说:"走吧!副县长,您是做得不对!"于是,他们两人耷拉着脑袋,灰溜溜地走了出去。

矿主没有为此事而再追究下去,这毕竟是自己的女儿所遭遇到的不幸,还是到此为止,息事宁人吧!

八

夜深人静,皎洁的月光洒满矿区。吉德拉坐在高脚屋的回廊上,毫无倦意,回忆着白天发生的事情。不一会儿,他瞥见空中飘来一团乌云,风吹过树枝发出沙沙的响声,不时传来邻家狗儿的叫声。他想起过世不久的父亲,眼泪不由自主地滴落下来,想起父亲的临终嘱咐,要做个自强不息的男子汉。他觉得,现在唯有琨娜莉成为自己的终身伴侣,生活才有意义。他也深知,在通往爱情的道路上,布满荆棘,障碍重重。然而,他又坚信,他和琨娜莉的爱情是忠贞不渝的。想到这里,他不禁欣慰地笑出声来。他回到卧室,放下蚊帐,躺在琨娜莉亲手为他缝的床垫上,盖上毯子,准备舒舒服服地睡个觉。不一会儿,他朦胧地睡着了。

"砰!砰!"突然响起了清脆的枪声。吉德拉一下子惊醒过来,翻身下床,拿起挂在床头的矿主给他自卫用的猎枪。外面沉静了一会儿,接着又响起了密集的枪声。他断定是盗匪来袭击矿主家了。他迅速冲出房间,只见院子外边火光闪闪,把夜空映得通红,杂乱的喊叫声响成一片。他疾步向工棚跑去,看见矿工兄弟们已聚集在那儿,有的拿着枪,有的执着刀,有的手持梭镖,正严阵以待。他听到大楼里矿主发出焦急不安的喊声。这时,司机老孙大骂:"这帮该死的强盗,看见谁家有钱就带着喽啰来抢。"

吉德拉便带领矿工们直奔矿主家。这时,一伙盗匪正翻墙进院,几乎人人都端着枪。工人们一拥而上,和匪徒们展开激烈的搏斗。霎时间,枪声、呼喊声响彻整个院子,吉德拉沉着地举枪瞄准,一下射中一个正在翻墙的匪徒,第三颗子弹又击毙了一个持双刀的家伙。接着吉德拉只身冲上楼去,只见会客室里乱成一团,一个黑脸彪形大汉正把矿主摁倒在地。吉德拉大喊一声:"姓潘的,原来你是个强盗头子!"

这个匪首杀气腾腾,露出狰狞面目,逼近吉德拉说:

"我就是回来报仇的。快把宝石全部交出来!不然,要你的狗命!"

吉德拉不由分说，对准他的胸膛就是一枪，不料匪首把身子一闪，子弹从他的耳边飞过，打在后面的墙上。那家伙向吉德拉反扑过来，枪被打落在墙角。吉德拉奋力站稳，朝他的腮帮子狠狠地一拳，对方一个趔趄，向后退了几步。吉德拉趁势冲过去，匪首冷不防往吉德拉头上重击一拳，吉德拉仰倒在地。匪首再次扑来，吉德拉向右一躲，以迅雷不及掩耳之势朝他的嘴巴打去，顿时，一股鲜血从那家伙嘴里涌出。匪首仍不罢休，对准吉德拉后颈飞起一脚。吉德拉眼疾手快，顺手拉过一把椅子抵挡，哗啦一声，椅子即刻散了架。吉德拉迅速拣起掉在墙角的手枪，瞄准他的胸膛，随着"砰"的一响，这个野牛般的家伙应声倒下，直挺挺地躺在地上，再也不动弹了。

吉德拉转过身来，走到矿主跟前，连忙把他扶起。矿主睁开眼睛，声音颤抖地问：

"姓潘的家伙跑了吗？"

"被我打死了！您可以坐起来吗？"

"还行，只是没有力气。那条疯狗差点把我掐死。"

矿主话音未落，突然传来女人的尖叫声。矿主一下子听出这是琨娜莉的喊声，得知女儿也遭到盗匪骚扰。这时，吉德拉已是筋疲力尽，可一听到叫声，顿时浑身充满力量。他立即冲上楼去，直奔琨娜莉的卧室，看见一个男人和琨娜莉扭打在一起。吉德拉一手抓起那人的衣领，把他推出门外，并大声骂道："原来是副县长，你竟敢到这里来！"

副县长抽出匕首，吼道："吉德拉，今天我要让你见阎王！"说着便朝吉德拉的胸部刺去。吉德拉机灵地一闪，随即转过身，狠狠地朝他的太阳穴打去。副县长"哎哟"一声往后倒去，匕首摔出几米之外。吉德拉朝着他的下巴一记重拳，一边说："这一拳是为琨娜莉报仇的！"副县长毫无还手之力。吉德拉一手抓住他的头发，一手对准他的喉头砸去，说："这一拳是为我自己报仇的！"吉德拉使出浑身力气，往他的心窝踢了一脚，结束了这个恶棍的性命。

两个匪首被打死后，其余的喽啰也溃不成军，各自逃命去了。这时，巡警也闻讯赶到，但除了那些受了重伤躺在地上的，其余的一个也没抓到。

翌日,矿主依法聘请律师,上告政府有关部门,请他们来妥善处理盗匪入室抢劫案件。

尾声

第二天中午,矿主邀请全体矿工出席庆功祝捷的盛大家宴,向英勇保卫宝石矿的工人们表示由衷的谢意。席间,矿主当众宣布,放假三天,让工人们好好休息。

宴会散后,矿主反复琢磨吉德拉的忠诚和多次立功表现,尤其是在两次危难时,不惜以自己的生命搭救父女俩的性命。他对女儿和吉德拉的亲密往来也看在眼里,作为父亲也无法阻止他们。想到这里,矿主让女儿把吉德拉找来,说有重要事情商量。

吉德拉来到会客室,见矿主正坐在藤椅上,琨娜莉靠门站着。吉德拉此时的心情既不安又高兴,不安的是矿主察觉自己与他女儿的事情,这下完了,可能要赶他走了。高兴的是昨晚勇敢地抵抗盗匪,打死了两个坏蛋。他壮起胆子问道:"先生,有什么事吗?"

矿主轻言细语地说:"你的好事呀!"

吉德拉听到这话,舒了一口气,轻松了许多。

矿主真心诚意地说:

"我该报答你的恩情,懂吗?"

吉德拉诚恳地说:

"先生,这是我应该做的。是你的恩泽,使我有今天。"

"这哪能相比呀!你需要什么,尽管说吧!"

"谢谢,先生,我什么都不需要。我所做的并不是想得到额外的报酬。"

"不用绕弯子了!我知道你没说实话。"

吉德拉不好意思地低下头,想鼓起勇气说出自己的心里话,然而,激动的情感堵住了他的喉咙,断断续续地说:"我、我、我请您……"

矿主接着说:"你需要什么,我早就知道了。"说到这里,矿主凑近吉德拉,悄声说:"那儿,就是你最需要的,对吗?"边说,边指着站在门口的琨娜莉。

吉德拉深情地凝视着琨娜莉,几乎不相信自己的耳朵,又看看矿主,两眼闪烁着激动的泪花,他连忙向矿主叩拜,表达自己无比喜悦和感激之情。

在一个阳光灿烂、鲜花盛开的喜庆吉日里,矿主为女儿和吉德拉举办了盛大的婚礼,邀请了地方官员、高棉族、缅甸族、哥拉族的朋友以及华商、越商等宾客参加。人们喜气洋洋,频频举杯,衷心祝愿这对新婚夫妇百年好合、白头偕老。矿主将自己一半的家产分给这对新婚夫妻;另一半留给几个年轻的侄儿、侄女,他们都是孤儿,理应由矿主抚养。

从此,这对恩爱夫妻一直过着幸福美满的生活。这个家族也兴旺发达,生生不息。

枯萎的花

[柬] 努·哈奇

枯萎的花

一

　　列车在飞驰，穿过森林，跨过小溪，汽笛声震动大地，火车将起伏的山峦和寂静的森林一一甩在后面。车厢里，有的乘客透过窗口望去，看到山脚下一片片碧绿的稻田，黑油油的田埂整齐划一，如同棋盘；水田泛着银光，在阵阵微风吹拂下，稻秧涌起绿色的波浪。在灿烂的阳光照耀下，稻田里紫色、红色、金黄色的野花点缀其间，依稀可见，装饰着这一望无际的原野。成群的仙鹤在稻田里觅食，再远一点，野鸭在泥泞的草丛中相互追逐。稻田中，身着黑衣、满身泥浆的农民忙着插秧，他们时不时直起身子，抬起头来，瞪大眼睛望着这呼啸而过的列车。

　　学生们利用两个月的暑假，相约一起回家乡马德望市。车厢里洋溢着热闹欢快的气氛，有的吹起芦笙，有的随着节奏拍手，有的唱起了流行的法语歌。其中有一个名叫波那的学生擅长口技，模仿老师说话的声音和动作，惟妙惟肖、滑稽可爱，引起了一阵阵爽朗的笑声。有的学生很文静，默默地站在窗口,欣赏着路旁的景色,想着就要见到久别的亲友,脸上露出欣慰的笑容。

　　暑假!人们一定都能理解在校青年学生放假时的兴奋心情。暑假!这是一个广阔天地任我游的神奇字眼。这些学生如同久关在笼子里的鸟儿突然被放出来,显得格外高兴,感到身轻如燕,可以在空中自由飞翔,可以无拘无束像醉汉一样!这个令学生盼望已久的暑假,让他们终于可以挣脱每天埋头学习的羁绊。再见了,那些难以读懂、令人头昏眼花的厚厚的教科书!再见了,老师们严厉要求、无情指责的神态!再见了,满是臭虫的床铺、充满腥臭味的食堂饭菜!拜拜了!那些总在相互竞争的亲爱的伙伴们!一切都离我们远去!我们将回家与亲人团聚,每天可以睡到自然醒、敞开吃、尽情玩。两个月的暑假万岁!

　　在这些青年学生中,谁也不会料到还有人心事重重、愁眉苦脸。如果稍加留意,在他们中间,有个十八岁左右的学生面容消瘦,长得白净,他低着头,独自闷声不响地坐着,蓬乱的头发随风飘动,一身白色时尚的西式校服已变得脏兮兮的,看得出他的心情沉重。

火车快要到站了!这青年起身从窗口往东望去,在凉风的吹拂下,他思绪万千。啊!那故乡的稻田、小河,还有正在吃草的牛群颈上的木铃声!多么熟悉的情景啊!他痴痴地看着,总也看不够!

他想:"啊!故乡!再穿过两条小溪,我就要来到你的身旁!"

火车继续缓缓向前行驶。有的学生开始收拾行李,因为还有十多公里火车就该到站了。有些讲究仪表的人忙着去洗手间梳头,洗脸,打好领带,调正帽子,戴上墨镜。

本腾就是前面提到的那位愁眉苦脸的学生的名字,他从衣兜里掏出火车票,把使用多年的旧皮箱放到自己身边。火车就要到达这座熟悉的城市,他心潮起伏,几乎听得见自己心脏在剧烈跳动的声音。

过了德望小溪……穿过铁桥……在冈灯寺附近停了一会儿,铁轨就绕到田野上,来到桑歧河左岸,看见火车站附近的房屋、棚子,列车减速、滑行……终点站!只见接站的人们挤得水泄不通,车厢内的旅客纷纷站起来向外张望。汽笛长鸣一声,火车停稳了。旅客们有的呼叫,有的欢笑,争先恐后拥挤着下车。

本腾戴着帽子,拎着皮箱,与几个朋友握手道别,从人群中挤出,径自朝检票处走去,过了出站口。他叫了一辆三轮车,对司机说:"送我到磅帕拉。"

从马德望市去磅帕拉村的宽阔平坦的柏油路是通往金边市的国家五号公路,属于法国殖民主义统治时期的一号公路。不一会儿,三轮车离开了城市住宅区,沿途依然十分热闹,常有牛车、行人、机动车辆来来往往。在火车上,他听到的是伙伴们的谈笑声,而本腾的内心却很伤感,一直埋藏在心里的苦楚这时已经涌到嗓子眼了。他拿出前天妹妹绍潘从老家寄给他的信,又看了一遍。信中写道:

"哥哥!我不敢再对你隐瞒家中发生的不幸,害怕你会责怪我。你从上一封信中,大概已经得知,父亲用货船装满稻谷,沿洞里萨河运到西贡市(现今的胡志明市)去销售。我刚得到确切的消息说,那条船因遭暴风袭击而沉没河中,根本无法把稻谷打捞上来。这次,我们家亏损太大了。"

本腾一想到信中的不幸消息,就感到不寒而栗,他美好的愿望就像盐遇到水一样全都融化了。"唉!我呀,今后只有离开学校,回家帮助父母种地了。"

本腾的家境不太富裕,只能勉强糊口度日。他的父母在乡下收购稻谷,然后运出去销售,同时,还借着别人的高利贷。如果卖掉家产、田产用以还债,家里就没有什么值钱的了。自己打算出国深造的梦想,曾答应女朋友让她过上幸福生活的诺言似乎都成了泡影。想到这些,他不由得万分沮丧。

三轮车路过一个村子又一个村子,到处都散发着泥土的芳香,呈现出一派自然的风光。本腾无心观赏路旁的景色,只为暗淡的未来而无比惆怅。

二

寂静的夜晚,湍急奔流的桑歧河面上映射出路灯金色的光亮。十点钟了,东边的河岸不时传来蟋蟀的叫声,夹杂着三轮车过铁桥的响声，坐车的大多是到市场吃过宵夜返回村子的人。岸边有成行的大酸角树，枝叶繁茂、阴凉宜人，许多年轻人坐在堤岸的台阶上纳凉、聊天。

在菩提寺通往学校的渡口也有一棵甜酸角树，树下有个平台供人们乘凉。这个村子里没有年轻人，平时这里总是空荡荡的，但是，在我们讲述这个故事的夜晚，如果有过路人坐在这棵甜酸角树下乘凉，他会听到一个姑娘清脆的歌声从绿树掩映下的房子里传出来，随风飘来的歌声还伴有茉莉花和玫瑰花的芬芳。这美妙的歌声如水晶般透亮，过路的人们驻足聆听，不愿离去。人们猜想，这美妙歌声的主人一定是位美丽的姑娘。

如果行人转向东边，穿过树林，会看到从高脚屋里透出的灯光照在一条砖铺的路上，这条路一直通往高脚屋的梯子。这是一幢没有粉刷的瓦房，由于年久失修、风吹日晒，外墙呈灰色。房子前面的阳台上搭出一个用白铁皮盖顶、木栅栏围着的客厅。这里放着一张木板床，用来纳凉、聊天。

这幢篱笆围着的高脚屋平时总是显得那么宁静，里面住着三个女人。努恩大娘,五十多岁,她常年信佛,总是把白发剪得很短。她眼睛明亮,颌骨棱角分明,显露出她性格执拗,只要她想做的事,没有人能够轻易让她改变主意。自从丈夫去世后,她就不再做买卖了,为了她最疼爱的女儿,就一门心思守住现有的家业。

维梯韦是努恩大娘的女儿,已经十七岁了,容貌俊美水灵,性情温柔善良,瓜子形脸庞,留着浓密的披肩黑发。她是个纯朴乖巧的孩子。小时候,她在波迪威尔寺院学堂上过学,老师经常夸她聪明伶俐。当她出落成大姑娘后,母亲让她停学回家,帮忙操持家务。可她仍然抽空向一位女老师邻居用心学习泰文和女红。几个月后,她就能阅读泰文小说了。家里窗户上的装饰画和枕套上绣的花都是她的手工作品。

第三个女人就是帕侬大娘,她是努恩家的佣人,早在维梯韦还未出生时,她就在这个家庭帮忙干活了。帕侬的年纪比努恩稍大些,她满脸皱纹,满头白发。维梯韦跟她十分亲近,待她亲如家人,况且帕侬把维梯韦从小带大,也舍不得离开她。平时,帕侬总是爱叫维梯韦"小姑娘"。

这天晚上,努恩心里有点烦闷,就让女儿翻阅《罗什曼那家族史》(一部讲述《罗摩传》中的英雄人物的小说)以解闷。在维梯韦的床头边,放着一盏油灯,小姑娘穿着一条黑色筒裙,质地细腻的玫瑰色绸衫。每当她用左手翻书时,戴在无名指上的一枚宝石戒指在灯光下闪闪发亮。她朗朗的读书声圆润、清脆,像唱山歌一样,悦耳动听。这便是前面提到的在码头旁听到的美妙歌声。

这时,努恩靠着女儿对面的墙角坐着,凝视着天花板,默不作声,若有所思,心中如乱麻一般,理不出头绪。帕侬双手抱膝,靠墙坐着,专心致志地听着维梯韦的吟诵,有时嘴唇还一开一合,听到故事悲伤处时还频频擦眼泪,听到揭露、控诉坏人时,她又愤怒地跳起来,大声说:"我早就说了,现在的男人都是一个样,喜新厌旧。"

听到帕侬这样说,正在吟诵故事的维梯韦微笑着转过脸来,露出一排像茉莉花瓣一样洁白整齐的牙齿,温柔地问:"怎么啦,帕侬妈妈?"

帕侬猛然如梦中惊醒,愣了一会儿,回答道:"对不起,刚才我听得入了迷。对那种不正经的男人,我真的很生气。"

努恩站起身来,对女儿说:

"阿维啊!今天就读到这里吧!都夜深了,该去睡觉了。别忘了,明天还要早起干活呢!"

维梯韦点点头,连忙站起来,用手理了理头发,合上书,拿着灯盏进里屋去了。帕侬把屋外的槟榔盒和水瓢拿到屋里。不一会,大门的门闩咣当一声插上了。维梯韦吹熄了灯,就在母亲身边躺下。

"阿维,你困了吗?"

"不困。妈,您有什么事吗?"

"没有什么大事。我想问问你,你还记得本腾吗?"

维姑娘一听到本腾的名字,立刻兴奋起来。但她又担心有什么意外的事情发生,就默默地祈祷,然后回答说:

"妈,我记得呀!以前,本腾哥经常带我一起玩过家家的。"

"噢！你知道本腾家的事吗？你父亲在世时，我们两家关系很好。你父亲和本腾的父亲本涛大叔是最要好的朋友，他们一起做生意，一起……"讲到这里，努恩停了一会儿，好像找不到恰当的词来表达，"……他们还商定，等到本腾拿到中学毕业文凭，把你嫁给本腾呢！你父亲考虑到，当时你本涛大叔家境好，能够让你过上舒适的生活。可是，现在呢，唉！我真难受，本涛大叔一下子倒了大霉了……"

"老天保佑！我很同情他们家！"

努恩好像没有听到女儿说的话，接着说：

"前些年，本涛大叔做稻谷生意经常亏本，年年要挖库存。今年雨季，他在银行贷款，买了谷子，装船从洞里萨河运到西贡去卖。现在，孩子啊！听说船在河上遭遇暴风，船沉了……"努恩的最后一句话隐没在寂静的夜幕中。

维姑娘对本腾家的不幸遭遇深感同情和忧虑。她想，如果自己有家产，真该去帮助他家，让他们尽早摆脱困境……当她回过头来看到母亲的脸色，她觉得根本指望不上。

过了一会儿,努恩语气低沉地说:

"本腾的父亲这下真的破产了。所有的金银首饰和田产都交给当铺抵押,拿去偿还银行贷款和别人的债。完了!全完了!真是太惨了!我都不知道该怎么办。孩子啊!我主要为你着想,我们家也不富裕,仅仅能让你今后不至于受苦。现在,本腾家彻底穷了……"

努恩担心女儿会因这突如其来不幸的消息而过于难受,便以嘲笑的口吻来结束这次谈话:

"人家游手好闲,吃喝玩乐,整天喝得醉醺醺的,最后还不是让老婆在家受苦啊!"

"妈,我们从小一起长大,我了解本腾哥,他绝不像妈妈您说的那种人。"

"谁知道?谁能看得透啊?你的心思我都明白。你想依靠他这个有文凭的人,每个月工资才三十瑞尔!怎么说也不够花销,况且还得还债呀!一旦欠了债,那日子就更难过了。到时候我给你的财产,你丈夫会全都拿去还债。孩子啊!相信我的话,在这个世上,如果有钱的话,任何痛苦都不会找上门来。我想,本腾命中罪孽深重,你和他没有缘份,绝不相配。"

努恩停了一会儿,观察女儿的反应,而维梯韦仍然沉默不语,瞪大眼睛发愣。努恩接着说:

"孩子啊!你不用发愁,放宽心,就把本腾忘了吧!等你以后过上好日子时,你会想到,妈的话是对的。"

这时,只听得一阵沙哑的咳嗽声,挂钟敲响了十二下。努恩不再说话,翻过身去,睡着了。

维姑娘难受得哽咽起来,泪流满面。母亲的话,她认为有很多地方和自己的想法都大相径庭,但作为一贯言听计从的乖女儿,她从来没有顶撞过母亲,况且高棉姑娘一般都比较腼腆,每当有人提亲时,总觉得不好意思,低着头沉默不语。

本腾!维姑娘仿佛看见他就在自己的眼前。她回忆起和他一同开心玩耍的童年时光。她记得,当初本腾哥离家去金边考试的时候,每天晚上总是点上香烛,祈求老天保佑他能考上。当他兴高采烈地从金边归来时,她一下子猜到他肯定考上了。他还从金边买来漂亮的丝绸面料,作为礼物送给她。本腾还经常讲动听的爱情故事,他们之间也学着用"阿哥""阿妹"相称。维姑娘甜蜜地回忆起,当本腾哥临上汽车去金边上学时,对她悄悄说:"阿妹,再过四年,咱们就永远不分开了!"

往事就像电影一样,一幕一幕不断地出现在她的脑海里。她彻夜不眠,在床上翻来覆去,以致把席子都蹭热了。

而躺在旁边的母亲努恩却熟睡着,不时还打起呼噜。屋外刮起了风,椰子树叶拍打着水葡萄树发出沙沙的响声。远处传来公鸡阵阵的打鸣声和猫头鹰凄厉的叫声,令失眠的人更加难以入睡了。

三

磅帕拉村离马德望市约十五公里。始于金边市的五号公路把这个村子拦腰劈成两半。村民们全都以种水稻谋生。公路两旁是华人以及他们的后代盖的砖瓦房或木屋,他们多以经商为业,商品主要有:服装、槟榔、鱼露、豆油、大蒜、胡椒和各种酒类。在商店的后面或侧面有宽敞的库房。

农民们用血汗换来的稻谷都集中存放在仓库里。到了雨季，稻谷行情看涨的时候，来到这里装运稻谷的车辆络绎不绝，然后运往马德望火车站。

在村子南面寺庙前的小溪旁，有一幢瓦房，房顶上长满了青苔，掩隐在一棵枝叶繁茂的芒果树下。在院子里还种着玫瑰、茉莉、鸡蛋花等各种花卉，花儿盛开，色彩缤纷，微风吹来，芬芳四溢。这户人家平时十分安静，没有像邻居家那样传出鸡鸭牛羊等禽畜的叫声。一条棕色的沙石小径从公路一直通到这幢高脚屋前深蓝色油漆的木梯。

走近这幢高脚屋，显得静悄悄的，只听见一座音乐钟发出的滴答响声和缝纫机哒哒的转动声。在面对小院的窗户旁，只见一位年轻姑娘穿着黑色插尾裙和本色的白布衫，留着披肩发，坐在那里专注地踩着缝纫机，随着脚踩踏板，身子一前一后地晃动着，镶嵌宝石坠儿的金项链在胸前有节奏地摆动着。她已经干了好一阵子了，脸上、鼻尖上冒出了晶莹的汗珠。

屋子门口的右边摆放着一张擦得光滑的厚木板床，床上有一个穿着黑色绸裤、赤裸上身的男子躺在那里。他右手放在前额上,一动也不动,可他没有睡着,不时用手抓起一条水布驱赶蚊子、苍蝇。过了一会儿,他向左侧翻身,语气温和地对正在踩缝纫机的女孩问道:

"绍潘,现在几点钟啦?"

姑娘停下手中的活计,走过去看了看钟说:"快四点了,阿爸!"

"孩子,该歇了。准备做晚饭吧!"

"好的,等忙完手头这件衣服。傍晚,人家要来取活儿的。"

"咦!本腾去哪儿啦?"

"哥去帮妈妈插秧去了。"

听女儿这么说,他便长叹了一口气,再也没有说什么。他就是本涛大叔,五十来岁,身板硬朗,一头黑发剪得很短,方脸盘,宽宽的额头,清澈明亮的目光,一看便知是一个心地善良、待人宽厚的人。以前,家里雇有佣人,亲朋好友时常来探望。现在,稻谷生意遭到重大亏损,使他整日忧心忡忡。家中值钱的东西,包括首饰、田产都变卖了,以偿还债务,现在就剩下这幢空壳房子。佣人全都被辞退了,只留下在他家干了多年的索大爷一人。

其实,本涛还没有沦落到讨饭的地步。作为一向有头有脸的人,突然陷入悲惨的境地,难免郁郁寡欢。过去,他尽心竭力经营生意,撑起这份家业,如今面临破产,真是难以承受。他感到腿脚发软,无心再干别的事了。

绍潘姑娘停下缝纫活计,到厨房忙碌起来。不一会儿,她端着一盘煮玉米递给父亲,说:

"阿爸,这热腾腾的煮玉米可甜呢!您吃点吧!"

本腾伸手推开,答道:

"不用,还是留给你妈和哥吃吧!他们干活很累。我不饿。"

绍潘没有吱声,站在那里睁大眼睛看着父亲,心里很不是滋味,转过身去用水布捂着脸,擦眼泪。为了减轻心中的忧虑,她一直忙碌着,拿起瓦罐走下高脚屋,到井边打水,装满水缸后,又去劈柴,然后回到厨房,生火为全家人做晚饭。

晚霞把寺庙台阶上的糖棕树叶染成一片金色。归巢的鸟儿在树上叽叽喳喳地叫个不停。

这时,一个中年妇女和一个面带愁容的青年从村子南边的稻田走进村来。他们在田里插了很长时间秧,脸被晒得通红。俩人都穿着靛蓝色的布衫和裤子,步履蹒跚,显得十分疲倦的样子。这青年就是前面提到的中学生本腾,他不能像同学们在放暑假时出去尽情玩耍,却要帮妈妈干农活。

本腾回到家后,换上一条纱笼,赤裸上身,坐在父亲身旁。绍潘见全家人都到齐了,马上端出饭菜,请父母和哥哥一同吃饭。为了缓解家中沉闷的气氛,绍潘问母亲:

"妈妈,今天插秧插了几块田?"

母亲应着:

"两块田了。本腾插得又快又好,别人都夸他会干活,还说,那些在大城市洋学堂念书的孩子最讨厌干农活了,你哥可不是那样。"

本腾听母亲这样夸自己,苦笑着说:

"妈妈,您不要太夸我了。过去,我也曾希望,只要我有学问,就能摆脱脸朝黄土背朝天的日子。现在,这种愿望已经打消了,只有回家踏踏实实干农活了。其实,在学校节假日,我也去过农村,我和同学们离开金边市去看村民种菜,帮助干一些农活儿。尽管我们在校读书有烦恼、苦衷,但只要一看到绿油油的庄稼,所有烦恼就抛到九霄云外了。"

绍潘接着说:

"要是这样,那明天我也去稻田看看,行吗?"

"那有什么不行的。"母亲回答。

晚上,本涛把儿子叫过来一起聊天。本涛很有感慨地说:

"孩子啊!我知道你的心思,想放弃学业,回乡帮助父母。这种想法是好的,但我不同意。纵有千难万苦,我也要凑足学费,供你继续上学,直到毕业。"

"我知道,您是爱我,不想让我在家干体力活儿。您和妈妈为了供我上学,一直操心受累。这几年来,您明显老了,身体也大不如以前了,是我应该为你们分担的时候了。"

"孩子啊！你不要再和我争辩了。你就安心读书吧！我还没有穷到讨饭的地步。"说完,本涛就进屋休息去了。

夜幕降临,一片寂静,一盏煤油灯忽闪忽闪地映照着本涛宽敞的房子。本腾仍然呆坐在那里沉思,完全忘记了白天干活的劳累。窗外的芒果树枝轻轻摇动着,仿佛在安慰难以入眠的人。

本腾心中很纠结,不知道自己该怎么办。他觉得父亲说的也对,应该继续念书,拿到文凭,可以谋个职业,拿薪水来帮助父母,补贴家用。他又想到如何面对自己的女朋友维梯韦,如果今后自己放弃学业,回家务农,那正合努恩大娘的心意,她肯定会撕毁婚约,因为她太疼爱自己的女儿了,怎么能让她的女儿跟我一起受苦呢?

本腾经过深思熟虑,重新激起奋发学习的念头。每天夜晚,在昏暗的油灯下苦读。白天到田里干活,也带着他喜欢的法国诗人的诗集,在休息时看上几页。有时他出门替换索大爷回家吃饭,帮他放牛,他把水布卷起来当作枕头,躺在大树下,一边放牛,一边看书。书中那些优美的诗句勾引起他无限遐想,仿佛看见心爱的维梯韦出现在绿树丛中,向他露出微笑。他欣喜万分,不能自已,干农活时的劳累一扫而光。

七月十三日下午,本涛对儿子说:"明天是法国的国庆节,如果你想到城里玩就去吧!"

第二天清早,本腾梳洗打扮一番,换上干净衣服,骑着自行车直奔马德望市,想着即将见到自己的心上人,他喜在眉梢,乐在心头。街道上行人熙熙攘攘,像成群结队的蚂蚁。城里人的穿着时髦洋气,乡下人的穿着也色彩缤纷。沿途两旁房屋的窗户上都挂着法柬两国国旗。在正对圆形市场的码头处,临时搭建了一个观礼台,用榕树叶和蓝、白、红三色的彩布装饰起来,到处洋溢着欢乐的节日气氛。

省里的官员和知名人士按顺序在观礼台上就座。公路的人行道上挤满了喧闹的人群,等待观看庆典仪式的开始……

只见一列精锐部队和保安团身着统一的白色制服，头戴红色或天蓝色贝雷帽，腰上和小腿上系着相同颜色的腰带，缠着绑腿，在观礼台前面整齐威武地排列着。

本腾兴奋地站在看热闹的人群中。只见一位骑着高头大马、眼睛翻动很夸张的胖子上尉，指挥着仪仗队演示敬礼、转身、齐步走、正步走等动作，同时有军乐队高昂的乐声伴奏。接下来各个滑稽有趣的节目依次演出，其中有脚捆在麻袋里赛跑，在抹油的杆子上比赛爬杆，抽烟比赛等等。本腾看着看着，觉得没多大意思，就离开现场，乘渡船到了东岸，朝菩提村走去。

四

七月十四日这天是个月圆的日子。努恩照例去菩提寺斋僧礼佛。维梯韦事先给母亲准备好斋饭，装在饭盒里，让佣人帕依拎着，跟随母亲一起到寺庙去。等她们走后，维梯韦便关上门，拿着一本泰文小说走下楼去，在自家附近一棵枝叶繁茂的芒果树下系上吊床，躺着看书。眼睛虽然看着书上一行行的文字,但她的心却随风飘向远方。一对漂亮的鹦鹉在树枝上不停地欢叫着。一只可爱的松鼠从一棵椰子树跳到另一棵椰子树,不时发出吱吱的叫声。

心事重重的维梯韦突然听到有人踩着芒果树下枯叶的脚步声,她回头一看,对来人微笑着说:

"咦,原来是哥哥呀!(柬埔寨习俗,恋人之间通常以兄妹相称)。你什么时候到的?放假这么多天了,也不来找我玩。难道你一点儿都不想我吗?!"

本腾走近她,苦笑着跟她打了个招呼,然后说:

"妹妹这样说实在冤枉我了。我每天都在想你,只因我家发生了变故,忙于帮父母干活。今天正好过法国国庆节,特意来看看努恩大娘和你。"

"我妈妈不在家,她去寺庙了。"

本腾一听,不由得露出笑容,但他竭力掩饰,不让女朋友看出来,故意说:

"唉,那太遗憾了!下午三点钟,我得赶回去。"

"干吗那么着急呢?等观看完这里的赛龙舟再回去吧!

我听说,有一条名叫'浮云'的龙舟划得可快呢!"

"我不能等得太久了,请代替我观看吧!"

"不行,我一个人可没有兴趣。我倒是想找个清静的地方呆一呆。"

本腾误认为女朋友是因为自己家的不幸遭遇而担忧,就对她说:

"我谢谢你能为我家的事分忧,但你也不用担心,虽然我家变穷了,但我更要加倍努力学习。等我拿到毕业文凭,就去找一份像样的工作……"说到这里,他凝视着维梯韦那双宝石般明亮的眼睛,深情地说:"我们俩将过上好日子。"

维梯韦静静地听着,忍不住流下了热泪,顺手掏出手绢擦去眼泪。

本腾见这情景,不知如何是好,急切地问:

"你有什么伤心事?快说吧!"

维梯韦羞怯地避开话题,没有正面回答,却很有感触地说:

"我们这个世上的人哪,想得到某种东西,不能总是如愿,有时能得到,有时却得不到。对于未来也很难看透,以为是白的,可偏遇到黑的。我真心地对你说,我的心永不变,就像我们当初的誓言一样,现在是这样,以后还会是这样。如果将来遇到什么不幸,我们应该一起面对,共同承担。我想,我们应该有一个随身佩戴的信物,以表示相互牵挂。请哥哥收下我这张照片吧!"

本腾听她这么一说,不禁心头为之一怔。他看着维梯韦从一个圆形的金边玻璃相框里取出一张小照片。本腾双手接过照片,爱恋地凝视着。他不解地问道:

"妹妹,我不明白你的意思,你担心将来会发生什么呢?"

"我也不知道以后的事,请哥哥先回去吧!我不敢跟哥哥长时间单独交谈,怕人家看见了会说闲话。"说完,维梯韦就从吊床上下来,本腾也只好依依不舍地离开了她。

维梯韦深情地目送着本腾,直到他的身影掩隐在绿树丛中,她才长长地舒了一口气,心情平静下来。维梯韦坐在吊床上观赏这天边绚丽的晚霞和欢度法国国庆节归来的人群。过了好一阵,穿着白色衣裙的努恩,手提一篮槟榔从寺

庙回来,看见女儿一脸愁容,便问:

"阿维,你跟别人一块儿去过节了吗?听说今天晚上镇上还要举办舞会,可好看啦!你要是想去,我找个人跟你作伴儿吧!"

维梯韦轻声回答:

"妈妈,我不想去。"

努恩又仔细地观察了一下女儿的表情,然后走进屋里。母亲神态的变化,让维梯韦察觉到,母亲已经另有打算了。

五

努恩认为,女儿的心情不好是因为太寂寞,要是有了对象,两人相亲相爱,一定会化解她心中的郁闷。她想,必须先找个借口,设法断绝女儿与本腾的关系,因为以前两家人作出的承诺,会妨碍别人登门求亲的。不久,她煞费苦心寻找的机会终于来了。

努恩有一个朋友叫占大娘,占大娘家住在桑岐寺村。她们两人往来频繁。就在过完节四个月之后的一天,有一位梳着整齐头发、身板硬朗、六十来岁的老太太,穿着绣有花边的上衣和花布插尾裙,还斜披着一条本色水布,乘三轮车来到努恩家门口,径自走了进去。不一会儿,只听得努恩喊道:

"阿维!占大娘来我们家玩啦!槟榔盒在哪儿?快拿出来招待客人。"

接着,努恩转过脸来,对客人说:

"请坐席子上,这木板不能坐,别弄脏了你的裙子。"

占大娘说:

"这木板黑亮黑亮的,坐着很凉爽。"

维梯韦端着槟榔盒放在客人面前,然后合十致意:

"您好,大娘!"

占大娘目不转睛地注视着眼前这位姑娘,答道:

"侄女好!咦!你得什么病了,怎么这样瘦呢?"

"我没有生病,大娘!"

占大娘拿起一片槟榔放在嘴里,一边嚼着一边和女主人聊天:

"咦！今年天气真奇怪,都十一月份了,还下这么大的雨。"

"我就是喜欢这样的大雨,田地水分充足湿润。我最讨厌下毛毛雨了。"

"那倒也是。"说完,占大娘拉过痰盂来,吐出嚼槟榔后的血红色口水,然后,用红色手绢擦了擦嘴巴,接着说:

"今天,我来找你,想跟你说点儿事。"

努恩转身对女儿说:

"阿维,让帕侬一个人做饭,她忙不过来,你去看看,有什么要帮忙的。"

维梯韦听从母亲的话,默默地走了出去。她心想,今天占大娘来我家,不知道会给母亲出什么馊主意。

两个老太太沉默了好一阵,似乎都想揣摩对方的心思。努恩趁机嚼了一口槟榔,把渣吐在痰盂里。然后先问道:

"占,你今天来,究竟有什么事呀?"

"还不是孩子们的事呗!现在情况怎样?是不是等本腾毕业后,阿维就跟他结婚呀?"

"占哎！我也不瞒你说，正如你知道的那样，本腾的父亲破产了，就指望着本腾挣点可怜的工资。我只有这么一个独生女，到老了，只有靠她。如果把她许配给本腾，而他的工作又不固定，一会儿调到这个省，一会儿调到那个省，老婆也得跟着丈夫走。而我却孤身一人，无依无靠，这是其一；其二，男方家破产了，正好将我给女儿的财产拿去还债。这样，我女儿能过上好日子吗？"

滔滔不绝的话语使努恩满嘴都是红色唾沫，话音也不清不楚，她又吐了一下口水。这时，占大娘答道：

"你说得很对！要是换了我，我也会让他们吹了算了。从各方面来看，这样也是合乎情理的。再说，你们两家又没正式订婚，收什么彩礼。"说完，占大娘转过身去，又朝痰盂吐了一口。

听了占大娘的话，努恩便下了决心，说：

"我也想与他们家断了这门亲事，但不知道怎么办才好，要是写封信给本涛直接把这事挑明吧，显得我太势利了。别人会说本涛稻谷生意亏损了，就立马把孩子们的亲事告吹。"

占大娘听了,瞪大眼睛,很吃惊地说:

"干吗要告诉他呀!只要悄悄地不要声张,装作不知情。如果有谁家来提亲,看有合适的,就先应承下来再说。"

"如果人家事先知道我们与本涛两家已经定亲了,谁还敢来我家提亲呢?"

占大娘哈哈大笑,说:"努恩,你这么说那可是大错特错了。眼下就有人家想上门提亲,你该怎么说?"

努恩喜出望外,凑近客人,笑着问:

"是谁家呀?"

占大娘靠近努恩耳边,小声说:

"奈兴大叔。"

"是游船老板奈兴吗?"

"难道还有两个、三个叫奈兴的吗?你认识他的儿子奈索吗?"

"那还是他很小的时候,我见过。"

"现在,他可会做生意呢,跟他父亲一样。我还听说,如果奈索娶媳妇,他父亲要送他两艘游艇、一辆卡车和一万瑞尔的现金作为彩礼,这还不说金银首饰和其他什么的。"

努恩听得不断眨眼,身子微微颤抖,她连忙问:

"奈索是哪年出生的?"

占大娘好像一直等待对方问这句话,马上答道:

"鼠年,星期日,佛历九月。"

努恩为了记住这个日子,加深印象,口中不停地重复着,也许是因为她信佛而养成的习惯:"鼠年,星期日,佛历九月……鼠年,星期日,佛历九月……"

占大娘进一步问:

"如果这家人真的上门来提亲,你究竟同意呢,还是不同意?"

"噢!等等,考虑考虑再说。儿女成家可不是一件小事,需慎重些才是。"努恩这么说,只不过是她冠冕堂皇的话而已。

占大娘告辞后,努恩当天下午就忙乎开了。她置办了槟榔、一条香烟、一对蜡烛,直奔菩提寺,去见算命灵验远近闻名的安大师。

努恩见到安大师后，虔诚地向他施礼。

安大师问：

"您有什么事呀？"

努恩答道：

"请大师帮我看看我女儿的生辰八字，我打算为她找对象。"

安大师把一个布袋摊开，他右手抓住一侧，努恩将带来的槟榔、香烟和蜡烛摆在托盘上，放在另一侧。然后，努恩两手合十再拜。这时只见安大师拿出一块黑板和粉笔，面对努恩坐下，并询问：

"大娘，您孩子生于何年？"

"大师，她生于龙年，佛历六月，星期二。"

安大师将她女儿的生辰记在黑板上，然后又问：

"男方生于何年？"

"鼠年，佛历九月，星期日。"

只见安大师念念有词了一阵子，然后拍着手说：

"哟！大娘，真是太好了！这可是从我算命以来八字最佳配对啊！以前从来没有这样完美过！"

努恩听了异常兴奋,便迫不及待地说:

"既然这样,我再抽个签试试看。"

安大师站起来,取出经书,打开封面,只见涂有金色颜料的多张贝叶,每张贝叶都系有不同颜色的彩线,有绿色、红色、黄色,非常漂亮。安大师将经书放在一个嵌有贝雕花卉的黑托盘上,点燃努恩带去的蜡烛,然后说:

"请大娘抽一张吧！"

努恩双手合十,拜过三次后,她抽出一张贝叶,双手托起送给安大师。安大师诵读贝叶经书上关于药王(据传为赐予众生良药,治愈众生身心疾苦的菩萨)的故事。读完后,安大师解释道:

"在我看来,这门亲事十分般配！"

抽签的预测和安大师的解读,迫使本腾和维梯韦这两个热恋中的年轻人无缘继续爱情,把他们推向了痛苦的深渊。

听完安大师的解释,努恩喜出望外,她谢过大师,连忙返回。一路走着,心中乐滋滋的,都觉得脚步轻快了许多。

因为她知道奈兴老板是个富翁,而他的儿子奈索,她也听别人提起过,夸这个小伙子长得很帅,有模有样,上进心强,对父母也很孝顺。啊呀!实在太好了!努恩心中暗想,奈索—维梯韦,维梯韦—奈索,咦!这两人的名字听起来怎么那么顺,那么相配呀!两人结婚后,一块儿走在路上,人们见了都会称赞:"哟!多好的一对呀!"努恩喜形于色,笑得合不拢嘴。从寺庙出来,走在路上,她想把自己的喜悦与路旁的青草分享,就像农夫把稻种撒在水田里一样。

大约一个星期之后,努恩焦急地等待着占大娘的消息,可始终不见她的身影。实在忍不住了,她便叫了一辆三轮车,直接到了占大娘的家,高兴地对占大娘说:

"占大娘啊!我已经问好了,奈索和维梯韦两人的八字十分相配。我也就不多说了,请你转告奈索他们家,赶快来人吧!"

六

在努恩主动找了占大娘后,又过了十来天。努恩在家里就格外地忙碌起来。

这天,天刚亮,努恩就早早地起床,催促佣人帕依把房子的墙角和家具上的蜘蛛网、灰尘打扫干净,还要把接待客人用的茶几擦洗得油光锃亮。盼咐维梯韦擦洗放槟榔的银盘、茶壶和茶杯,并一一仔细查看,嚼槟榔用的石灰是否装满了盒子,槟榔、蒌叶是否新鲜,炉子上先烧好开水,以便随时冲茶等。

维梯韦心中纳闷儿,今天母亲这么精心准备,要接待什么人呢?真有点反常!

按照传统习俗,努恩特意挑选了一张带有鲜艳花纹的新席子,铺在地板上,这通常是在节日庆典或是重要的日子才用的。

不一会儿,听见有汽车开到努恩家附近的声音。努恩喜在眉梢,静静等候。

车上下来三个妇人,除了占大娘外,还有两个,其中有一个肥胖得像磨盘,另一个干瘦得像鱼干。一个穿着绿色插尾裙,另一个穿着黄色插尾裙,手腕上都戴着钻石手链,皮鞋擦得乌黑锃亮。她们让占大娘走在前面领路,胖妇人走起路来像鸭子一样,一摇一摆的,瘦妇人走起路来重心不稳,一颠一颠地像鹭鸶鸟。走近努恩家时,占大娘大声喊道:

"努恩,在家吗?托大娘和婷大娘看你来啰!"

早就等候的努恩装作吃惊的样子,赶紧从里屋冲出来,十分殷勤地说:

"请进!快请进!来,请这边坐。"说完,便吩咐帕依给客人沏茶。

一胖一瘦的两个妇人坐在席子上后,双手合十施礼:

"姐姐,你好!"

努恩也马上合十施礼:

"拜见两位大娘!"

而最先坐下的占大娘先开口说道:

"昨天晚上天气真有点儿冷啊!盖上毯子也还不够呢!"

胖妇人回答:

"在家里还不觉太冷。上星期六,我乘游艇去玩,那才真叫冷呢!几乎都快要把我冻僵了!"

枯萎的花

努恩问：

"你家的奈索干什么去了？却麻烦你亲自跑一趟。"

"姐，他正忙着安排那些雇工收割稻子去了。"

托大娘想趁机夸耀自己儿子一番，又接着说：

"我儿子奈索后来又去船山监管工人爆破石头。那些石头加工后准备用来铺铁轨，铁路将通到马德望省的蒙哥比里。"说完，拉过痰盂吐口水。

努恩叹了一口气说：

"是啊！大家都在忙，各忙各的事。而我只是闲呆在家里，有时去寺庙斋僧布施而已，没有别的事可干。"

"看来，姐的来世一定会好！我的孩子太多，如果不努力做事，拿什么分给他们？像你这样真是太舒服了。斋佛、布施、做善事，只有一个女儿，没有太多的烦心事。咦！你女儿多大啦？我们都没有见过。"

努恩立即喊道：

"阿维，上哪儿去啦？阿姨想见见你！"

维梯韦见陌生的客人进家门，就先躲到自己房间去了。

当她听见母亲叫她,心里很不乐意,但她极力忍着,不要显露在脸上。她穿了一件浅玫瑰色的新潮上衣,衣领上绣着白色花边,下面着嫩绿色长裙。她强颜欢笑地走了出来。

托大娘和婷大娘看见年轻漂亮的维梯韦走出来,第一眼就喜欢上了。托大娘惊叹道:

"咦!这侄女长得越来越俊了!今年多大啦?"

维梯韦合十致意,轻声答道:

"我十七岁了。"

"看,侄女多文雅啊!"

维梯韦被弄得很害羞,低头不语。

努恩对客人说:

"今天,请你们和我们一起吃个饭吧!"

"不用麻烦了,姐,我们还有别的急事要去办。"

女主人猜透客人的心思,她们不愿当着维梯韦的面谈论她的婚事,便对女儿说:

"阿维,你去看看帕侬在忙什么?让她一个人干可不放心。"

枯萎的花

当维梯韦离开以后,托大娘就转过去看了占大娘一眼。

占大娘对努恩悄悄说:

"努恩,托大娘请我送她们两姐妹来你家,想要为她的大儿子奈索和你家的女儿提亲。这事你究竟怎么看?"

努恩听了兴奋不已,但她还是竭力掩饰着,也担心自己说错话。她调整了一下心情,平静地对托大娘说:

"托大娘,你想和我家结亲,这固然是大好事,但我的女儿还小,显得幼稚,不太懂事。"

托大娘回答:

"不是的,姐!我会看人,姐的女儿长得好看,举止又文雅得体。"

"你要这么说,我也就没有什么好说的了。不过,你还是先找人算算命,看看他们两人的八字是否相配。要是相配,那我肯定同意。"

努恩担心托大娘去找别的算命先生,要是说两人八字不合,那就事与愿违了。她便迫不及待地向托大娘推荐安大师来算命:

"托大娘,要说算命这种事,我看在整个马德望省没有哪个能比菩提寺的安大师算得更准的了。要是他说好,那绝对错不了,婚姻般配,夫妻和睦到白头。"

"好啊!好啊!我一定去找安大师来算一下。你女儿是哪年生的?"

"那你就问占大娘好了,她会告诉你的。"努恩回答。

占大娘说:

"托大娘,这个我记得,你放心好了。怎么样,咱们是不是该告辞了?"

胖妇人和瘦妇人不约而同地点头同意,并合十向努恩告别。

刚才聊天时,瘦妇人一直没有机会插话。她对胖妇人说:

"这孩子与阿索挺般配的。阿索一定会喜欢的。如果他俩结为夫妻,那阿索就不会每天夜里在外面鬼混了。"

胖妇人有些惊慌,要是这话被努恩听到了,那肯定会坏事,就埋怨她说:

"你这家伙,别乱说!"

枯萎的花

这时,满怀喜悦的努恩根本没有注意瘦妇人说的最后一句话,要是她听到了,也就会产生怀疑或者去了解奈索的品行,那么也许就不会发生后面的故事了。

当听到汽车声渐渐远去,维梯韦就从房间走出来问母亲:

"妈妈,这都是些什么人哪?看上去简直都是些山里来的土豪。这么老了,还穿花里胡哨的插尾裙,戴的金首饰怕有几公斤重。像这样的有钱人家,我很讨厌!"

虽然客人走了,但努恩仍沉浸在无比喜悦中。她根本没有在意女儿在嘟囔些什么,只听到最后的一句话,她瞟了女儿一眼,便哈哈大笑起来,去干自己的事了。

七

当!当!当!学校门房的钟声响起,告诉人们现在是晚上九点一刻了。门卫不停地拍着手,招呼青少年学生到了就寝时间,该放下蚊帐睡觉了。刚刚还是一片喧闹声的学生宿舍,一下子安静下来,只剩下个别悄悄说话声,轻风吹拂着树叶发出的沙沙声,不时伴随着猫头鹰的阵阵叫声。

各个宿舍的灯光陆续熄灭了。

本腾的床位靠在房间墙头的地方。他悄悄地起身,找出蜡烛和火柴,点燃后,从挂在床头的上衣兜里掏出维梯韦在芒果树下送给他的小照片,看了一会儿,又抽出一封信,两页纸上写得密密麻麻的,信中写道:

"马德望市　佛历2476年(公元1933年)2月5日

告知我的终身伴侣:

我无时无刻不在思念你。我们相隔遥远,可我总想着,这个时候你该上课了,这个时候你该下课了,在和同学们玩耍。痛苦、忧虑压在我心头,不知向谁倾诉。过去,我指望看书能帮我解闷。我终日烦躁,无心看书。我祈求各方神灵,保佑你学业有成,如愿以偿。现在,我别无指望,你就是我的唯一依靠。

哥,我深信你真心爱我。因此,我求你不要因为我告诉你的消息而感到吃惊,你还是要集中精力专心学习。可能有的人会忘记自己的诺言,而我,绝对不会忘记,我只想告诉你,我的心永不变。

哥,好多天以来,我观察到母亲的行为有些异常,她每天总是笑容满面、乐不可支,而且还对我说,孩子啊,你的命真好!我问她,这是什么意思?她就不再说下去了,装作若无其事的样子。

而帕侬妈妈,正如你知道的那样,她非常疼爱我,把我视如己出。也不知道为什么,近来,她的脸总是阴沉沉的,很不高兴的样子。

两个同样爱我的人,行为和表情却截然不同,这让我难以琢磨,不知道究竟会发生什么事。为此,我深感忧虑。

直到昨天,我才恍然大悟。

你应该知道马德望市有一个奈兴的富翁吧!奈兴的老婆名叫托。他们有个儿子叫奈索。关于他的事,我曾听帕侬妈妈说起,他以前还追过我。有一次在我和邻居的姐妹们一块儿去参加白象寺住持的葬礼时,他对我很不礼貌。啊,真烦人!

昨天,占大娘开车来到我家,带着两个老太太,还拿着许多水果、点心、绫罗绸缎等,这些东西就是所谓的彩礼吧!帕侬妈妈还告诉我,我母亲和男方家长已商定,将在今年佛历六月把我嫁给奈索。

我的母亲啊,您为什么就只看财产,不看人品,也不问问我的意见呢?

算了,哥哥,你安心学习吧!不要担心我的事。反正这辈子我决不会嫁给奈索的。

最后,请接受我对你深深的思念!"

这封信,本腾看过很多遍了,似乎总也看不够。他太思念维梯韦了,躺着想了一会儿,又坐起来,抽出钢笔,趴在床上,写了下面的这封回信:

"金边　1938年2月15日

亲爱的妹妹,你不要为我担心。我家现在破产了,即使我今后有了工作,也不指望有多丰厚的工资。你不必固执,违抗你母亲的安排。她是长辈,所做的一切都是为你长远打算的。希望你就顺从母亲的安排,接受他们介绍的这个对象,不要抗婚。等到奈索年老时,他一定会成为柬埔寨知名的富商。他有知识,有财产,足够让你今后生活幸福。

妹妹,你也不要为奈索的非礼而生气,做错事总是难免的。你就原谅他吧!

至于我,我仍然一如既往真心爱你。你就把我当作你的亲哥哥吧!"

写完后,叠好放入信封。信封上写道:

"请绍潘妹转交给维梯韦小姐。"

这时,蜡烛已剩下不多了,烛光渐渐暗淡,最后就熄灭了。本腾拉过毯子盖在身上。旁边的同学们都呼呼熟睡了,他却长长地叹了一口气。

八

太阳从东方冉冉升起,照在一排排椰子树枝叶上,闪耀出一片金光,微风吹来,椰子树叶摇曳着,发出沙沙的声响。村子通往市场的路上,行人熙熙攘攘。努恩和帕依都穿着干净整洁的衣服,她们带着面色苍白、系一条水布的维梯韦一起蹚水,朝对岸的市场方向走去。

旱季的桑歧河总是干涸得只剩下一条细细的水流,在沙丘缝隙里缓缓地流淌。由于马德望市没有造桥,加上水浅又不能通船,过河的人们往往只要卷起裤腿或提着裙子就能从河的这边走到河的对岸。

这时,只见一个脚夫左肩扛着一个大皮箱,右手提着一只小箱子跟在三个女人后面走着。面无血色的维梯韦走起路来有点儿打晃儿,东倒西歪的,还不如跟她一起走的两个老人,但她竭力硬撑着往前走去。

到圆形市场后,努恩径直朝车站走去,购买马德望至暹粒市的长途汽车票。她让女儿和帕依先上车,雇了一个人把两件行李放在车顶上。然后,她就去买些带在路上吃的食品。她先买了几个面包。不料,在拥挤的人群中,突然听到有人大声喊道:

"咦,姐!你买这些东西准备上哪儿去呀?"

努恩抬起头来,看见是托大娘在问她,便微笑着答道:

"啊,是托大娘呀!我送女儿去暹粒玩!"

"你怎么不早说呢!我开小车送你们去好了。别坐那大巴车了,坐那种车不舒服。"

"谢谢你了!我已经买好票了。你就放心吧!"

"这有什么!我的车反正空着,就当一块儿去玩呗!"

努恩原本想接受准亲家母的好意,但她想,女儿可能会反感,她就没有直接回答。接着,她在市场忙着挑选香肠,托大娘站在一旁等着,顺口问道:

"姐,侄女在哪儿呢?"

"她在那边等车呢!"

"那我去见见她吧!"

说完,两个女人就朝长途大巴车走去。

托大娘对维梯韦说:

"咦,侄女这是要去暹粒玩啦?"

维梯韦正两眼望着远方沉思着,当听到这突如其来的问话,不禁吃了一惊。她转过脸来,看见托大娘,原先苍白的脸因愤恨而顿时涨得通红。自从她知道那次托大娘上门提亲的事后,总是闷闷不乐,寝食难安。她不敢生母亲的气,只得迁怒于想娶她的那家人。努恩见女儿整天精神萎靡不振,茶饭不思,一天天消瘦,就想带她出去散散心。再说,从马德望到暹粒路途不算远,可以游览古迹,欣赏风景,让女儿放松心情,把身体养好,准备到佛历六月好出嫁。

维梯韦也看透了母亲的心思,反而更难过了,但她仍然装作不知情,什么也不说。当听了托大娘的问话,她怒火中烧,但她从小是在传统家庭教育下长大的女孩,只好忍气吞声,便轻声应付道:

"阿姨,是的。我妈带我去游览吴哥!"

"咦!侄女,你生什么病啦,怎么瘦成这样?你就别坐这大巴了,等会儿坐阿姨的小车去吧!阿姨这就回去开车过来,稍等一会儿就行了!"

"谢谢阿姨!别麻烦您了,况且我也没生什么病。"

托大娘本想要说点什么,但这时,她有一种异样的感觉涌

枯萎的花

上心头,也就不再勉强了。不一会儿,托大娘就向她们告辞了。

汽车出站后,奔驰在宽阔的公路上。维梯韦坐在母亲和帕侬两人之间,一路看着被旱季火辣辣的太阳烘烤着的路旁一排排树木和远处连绵不断的群山,车过之处后面扬起一片尘土,看的时间久了,维梯韦感到眼睛有些酸疼,便低下头来沉思,她的披肩长发随风飘动着。

啊!我的心上人,
命运为什么把我们阻挡?
忍心让我们天各一方,
又让我们痛断肝肠。
整天念经的妈妈呀!
你为何让心爱的女儿悲伤?
怎能狠心棒打鸳鸯,
原来是贪婪迷糊了目光。

这是维梯韦在一本关于爱情小说中读到的一首诗,她早已铭刻在心,当她的心情与诗中的描写相吻合时,就不由自主地想起了它。

自从维梯韦得知母亲将撮合自己与奈索的婚姻后,她整天闷闷不乐,没精打采,犹如一朵盛开的鲜花被烈日暴晒或被狂风吹打后变得枯萎,最终凋落在地上一样。

维梯韦回忆起当初她和本腾相爱时立下的誓言;想到她阅读过的泰国爱情小说中的故事;想到与她肝胆相照的心上人本腾……想着想着,真为自己的前途万分忧伤。她认为,应该直接告诉母亲,自己不喜欢托大娘那一类人,她财大气粗,盛气凌人,更讨厌奈索,他唯利是图,对穷人毫无同情心。她想对母亲讲清楚,奈索之所以要娶自己,就是因为喜欢她现在年轻美貌而已,一旦结婚生子后,就会慢慢变老,那肯定会被他抛弃。那时,自己就惨遭摧残,追悔莫及了。这并不是自己凭空想象,而是确有其事。她听人说,这个奈索曾把一个女孩肚子搞大了,后来把那个女孩一脚踢开,给点钱打发了,就像人们在店里吃了米粉或喝了咖啡,出点钱给店家一样。

维梯韦想到这里,难过得有些哽咽,她实在张不开嘴对母亲说出自己的想法。她是个听话的乖女孩,性格内敛,十分害羞,不敢主动去谈什么爱情,况且她认为,现在去跟母亲说这些,恐怕为时已晚,即使自己坚决不同意,母亲也会固执己见。现在离佛历六月只剩下一个月了……想到婚期一天天临近,维梯韦如坐针毡,每天祈求神灵保佑自己躲过这一劫。

汽车继续往前行驶着……这是蒙哥比里镇……这是诗梳风镇!乘客陆续下车,去华人商店里购买食品。努恩打开包裹,取出面包和香肠给帕侬,然后,对女儿说:

"来,阿维,吃面包吧!"

维梯韦掰了拇指般大小的面包和一小块香肠放进嘴里,觉得又苦又涩,难以下咽,就随口吐了出去。这时,有一只黑色的癞皮狗迅速跑过来,津津有味地吃着。维梯韦又丢给黑狗一块面包,狗在吃之前,先抬头看了维梯韦一眼,好像对她表示感谢。维梯韦心想:"连畜生都知道感恩,而我们人类怎么却轻易忘记自己许下的诺言呢?"

"阿维,怎么不多吃点儿呢!还有一半多路程才到暹粒呢。吃吧！不然会中暑的。"

"妈，我不怎么饿。"

努恩看了看女儿阴沉的脸色，立即转身向远处望去。她自己也十分烦闷，她想，女儿这反常的神态，等她结了婚，有丈夫照顾着，一定会好起来的。这么一想，努恩心里也感到轻松了些，因为期盼的日子越来越临近了。

九

暹粒是一座清静的古老小城，又是一处著名的旅游胜地。街道两旁绿树成荫，一条清澈的小河围着小城缓缓流淌，有的地方河水带动着水车，发出吱呀吱呀令人伤感的叫声。

下午，一辆长途汽车到达暹粒市车站，车站旁边有一个环形市场。乘客们连忙拿着各自的行李下车。努恩站在人行道上，左顾右盼，焦急地等待着什么人似的。这时，一个穿白色上衣、黑色绸裤的中年男子朝她走来，并合十致礼道：

枯萎的花

"姐,您好!"

努恩一眼认出了他,说:

"噢,这不是本俊吗!我还在到处找你呢!"

"姐,行李在哪儿?我叫车夫送到三轮车上去。"

"本俊哪,我这次可没带什么东西给你,因为走得太急了。"

"不用啦,只要您能来玩,我就很高兴了。"

努恩转过身对女儿说:

"阿维,快来认识你本俊大叔。"

维梯韦立即向这位本俊大叔合十施礼。

当车夫把两件行李装上三轮车后,努恩、维梯韦和帕依上了三轮车。本俊骑着自行车跟在三轮车旁,路上他们开始寒暄起来。

这个叫本俊的男子也算得上是暹粒市比较有钱的人。一直以来,他在马德望市做稻谷生意。过去,他曾与维梯韦的父亲在生意上有密切来往,互相帮衬,因此两家之间的关系很好。努恩决意带女儿来这里游览吴哥古迹,就是因为想起本俊与自己家有这么一层关系。在出发的前一天,努恩请邻居帮忙给本俊打过一次电话,告诉他从马德望出发到暹粒的日子和长途汽车到达的钟点。

本俊的家在河的对岸。院子的前面有一棵很大的缅桂花树,靠公路一侧有一道砖砌的围墙,中间开有一扇大门,门上装饰着玫瑰花图案。在大厅旁边,有一辆敞篷汽车停在那里。在院子门口,有一架小水车在不停地转动,汲来小河里的水浇灌着院内的花草树木。

一进这院子,维梯韦好像沐浴在一片清凉之中,感到神清气爽。院子宽敞明亮,那些用槟木做成的桌子、椅子等家具摆放得井然有序,地板光亮得像镜子一样照得见人,一切都让人赏心悦目。

本俊的妻子叫索洁达,大约三十多岁。由于她没生育过孩子,其身材和容貌看起来还像个年轻姑娘。见客人到来,她连忙出来迎接,并把她们领进事先准备好的客房,让帕依把她们的行李放进房间,然后,招呼她们三人到浴室冲凉。

维梯韦从浴室出来,顿觉浑身舒坦,凉意冲走了旅途的劳累和心中的烦闷。她微笑着跟随女主人,在姹紫嫣红的花园中,在绿草如茵的草坪上漫步赏花。索洁达见这女孩子长得清秀漂亮,举止文雅大方,心中很是喜欢,像对待自己的亲妹妹一样。她们在花丛中一边散步一边交谈,她们喃喃的谈笑声与蜜蜂飞舞的嗡嗡声交织在一起。她们就这样轻松愉快地走着、聊着,呈现出一片诗情画意。她们俩走到一棵缅桂花树荫下的长条凳边,便坐下来。维梯韦看着眼前转个不停的水车,她的思绪早已飘向远方,完全沉浸在另一个崭新的世界。

然而,快乐的时光往往总是短暂的。本俊对努恩说:

"姐,真遗憾,我的车坏了,不然我就开车带你们到处转转。"

这句话打断了维梯韦的沉思,像从梦中惊醒过来,她注视着母亲和男主人。

努恩回答:

"没关系,我们租一辆马车就行了。"

"坐马车去会不舒服的。姐,要不这样吧!明天,你们先坐马车去游览吴哥的小圈路线。我尽量争取明天把车子修好,等后天我开车送你们逛大圈,去看女皇宫。如果时间富余,我们干脆到荔枝山去玩一趟。"

在被茂密树林环抱的大大小小的古寺庙、殿堂中穿行,观赏,不禁使人产生一种十分苍凉的感觉,激起游人对高棉先辈伟大杰作的由衷赞叹:这些古迹是我们引以为豪的祖国悠久历史的见证啊!

午后,灼热的阳光烘烤着广袤大地,时断时续的蝉鸣声从高大的树梢传出,使游客更感到茂密森林的幽静和深远,也对曾经繁荣富饶的故土产生深深的眷恋。

佛历五六月间,从暹粒通往吴哥的公路两旁一丛丛嘉陵花盛开,五彩缤纷,阵阵微风吹来,花香袭人。在此游览的人们都会感到心旷神怡,禁不住会说:天堂也不过如此!

啊,嘉陵花香!啊,蝉鸣声响!你好比灵丹妙药,把我的烦恼和忧伤一扫而光。

下午,一辆马车拉着来自各地的游客从大吴哥王城的

枯萎的花

东门进入。人们尽情地游览着。维梯韦与母亲、索洁达在马车上一路谈笑风生,聊个不停。维梯韦看着眼前的景色,遥想当年这里肯定曾是繁华热闹非凡的地方,可如今却变成猴子和其他动物栖息的森林,世事的变迁,真令人无限伤感啊!

这时,马车突然停下,打断了她的思绪。

索洁达对维梯韦说:

"侄女,我们先下车看看巴戎寺吧!"

维梯韦正准备下车,看见在前面的公路旁有一尊巨大的佛像,安放在一座瓦盖的棚子里。维梯韦建议:

"姨,我想先去拜这尊佛像,然后再去巴戎寺。"

这一建议得到大家一致赞同。维梯韦便从行李卷中抽出一支蜡烛和三炷香,十分虔诚地朝佛像缓步走去。接着,她点燃香烛,毕恭毕敬地叩拜佛像,口中默念着,心中祈祷:"啊!拯救生灵的佛祖啊!请宽恕我,让我摆脱这苦难的深渊吧!从我出生以来,从未伤害过别人,我信守五戒,从未松懈,我尽力布施行善,祈求佛祖帮我摆脱奈索的魔爪,成全我和本腾的患难之交吧！……"

就在这时,突然有一辆汽车停在了马车旁边。她看见托大娘和奈索正朝佛像这边迎面走来。维梯韦顿时心头一怔,不知所措,面对佛像,她心中呼喊道:"佛祖啊,捣乱的魔鬼来了!"

努恩看见准亲家母托大娘的到来,马上迎过去殷勤问候。当她们与索洁达互致问候一番后,托大娘对努恩说:

"姐,我们在市场碰面后,就回家告诉奈索,你们去吴哥游玩去了。奈索就一个劲儿地催促我,让我带他来找你们,好开车陪你们一块儿游览吴哥。喏!这不,我们说来就来了。"

努恩听了,转过身去看着奈索,她脸上露出了满意的笑容。而奈索站在她们后面东张西望,冲着维梯韦一个劲儿地笑,让维梯韦很不自在,感到十分讨厌。她实在忍无可忍,请求母亲干脆还是坐马车回暹粒本俊大叔家算了。托大娘立即开导维梯韦,劝她一块儿坐自己的汽车。这时,维梯韦虽然十分厌恶,但她还是很理智地答道:

"谢谢阿姨!现在我不能坐汽车,一坐汽车我就会头晕。"

枯萎的花

说完,她拉着索洁达的手迅速先坐上了马车。而努恩本来一心想坐汽车的,见女儿这样的举动,就动摇了,只好跟着女儿也坐上马车。

马车开出去不一会儿,晴朗多天的五月,天空突然昏暗了下来,一团团乌云迅速遮住了太阳,随即刮起了一阵狂风,地上的尘土和落叶顿时被卷向半空。不一会儿,下起了瓢泼大雨。她们三人全身被淋透,冷得直打哆嗦。正巧,这时开往龙头村的汽车停在吴哥寺的前面,她们就上车暂且避雨。然而满腔忧郁的维梯韦想尽早离开,返回住地,她担心奈索的汽车追过来,就请求汽车司机直接开到暹粒市。

当天晚上回到索洁达家,维梯韦就开始发起高烧来,四肢无力,浑身难受。

十

当天夜里,维梯韦彻夜未眠。她起身打开靠近床头的那扇窗户,凉风吹拂着她的脸,丝绸般柔软的月光洒满大地,墨蓝的天空飘浮着朵朵白云,有时云朵遮住月光,一时阴暗下来，就这样，月光忽明忽暗地不断交替着。

在这寂静的夜幕里，维梯韦独自一人黯然神伤。她无时无刻不在思念本腾，她想，本腾啊！这时你可能已经安睡，或许你也可能在思念我吧！想到这里，不禁落下泪滴。威力无比的众神啊！为何让我遭受这般罪孽？为什么在游览吴哥寺时不让我了却今生？奈索这个凶狠的家伙竟敢在我叩拜佛像时前来捣乱。她想起冒着大雨坐马车回住地而发烧，躺在床上盖两三条毯子还直打哆嗦。她想到女主人索洁达对病中的她无微不至的照顾，还有男主人本俊连夜外出请医生来给她开药打针，使她的病情渐渐有了好转。她想着，今后有机会一定要报答他们俩人的恩情……

见维梯韦的病情有所减轻，努恩急忙带女儿回到马德望自己的家。而努恩担心女儿在吴哥时不妥的行为会引起托大娘的误解，她怕对方不能谅解这件事，就特意去当面解释。托大娘听后，哈哈大笑说：

"姐，你不用担心！女孩子在出嫁前都是这样害羞的。"

努恩听了，放心地回到自己家。

枯萎的花

维梯韦静静地坐在闺房里,对母亲在为自己找婆家这事一连串的做法非常反感,并觉得羞耻,对未来深感忧虑。当她话到嘴边,几度想告诉母亲自己为什么讨厌奈索时,总觉得害羞,认为这违背传统家教,就把话咽了回去。自古以来,高棉姑娘都没有权利为自己选择丈夫。无论父母怎样安排,女儿都得听从。但她认为,这种习俗是不公道的。因陀罗大梵天神啊!为何不来开导我母亲,让她回心转意呢?啊!我一心向善,修身积德,为什么不能脱离这苦海呢?亲爱的本腾哥哥啊,我一天也没轻松过,这样下去,恐怕撑不了多久啦!

维梯韦陷入深深的苦闷中,当她听到码头边酸子树上乌鸦的呱呱叫声时才醒过神来。她转身看见东方的太阳缓缓升起,天边朝霞微露,她站起来,感到四肢发软,便撩开蚊帐躺下睡了。

维梯韦的心病使她备受煎熬,彻夜坐着,无法入眠。她的体力逐渐消耗,越来越瘦弱,只剩下皮包骨了。努恩见女儿这个样子,又心疼又焦急。她想催促男方尽早把婚事办了,也好让丈夫陪伴她。

于是,努恩和托大娘商量,两人一拍即合。努恩开始忙碌着操办婚礼的场地,雇人除草、打扫,搭建婚棚和接待客人临时用的厨房,以及置办各种必备的物品,一切都安排就绪。

维梯韦一一看在眼里,心中有说不出的难受,整天垂头丧气,沉默不语。当有人询问她的身体状况时,她只是满脸苦笑,低头转过身去。

最近两三天以来,维梯韦开始干咳,咳得她浑身剧疼,通宵未眠。有一天凌晨,咳得她吐出一大团血,足足有半痰盂。她实在支撑不住了,一下子摔倒在地。努恩和帕依见了,大吃一惊,连忙把维梯韦扶上床,帕依立即请邻居帮忙去找大夫。

大夫来到时,维梯韦僵硬地躺在床上,不省人事。大夫马上给病人号脉,然后说,她的身体实在太虚弱了,随即给她打了一针,转过脸对她的家人说,一定要让她好好卧床静养,不要再让她受到任何刺激。

大夫走了不一会儿,维梯韦就慢慢苏醒过来。努恩也露出笑容,她连忙端出事先熬好的米粥和咸鱼干来,劝说女儿吃一点儿。维梯韦听到母亲一再劝说,便对母亲产生无限爱怜,就靠着母亲坐起来,勉强吃了几口。就在这时,有一辆汽车开到家门口,只听托大娘大声喊道:

"姐,我刚刚才知道这事!"

维梯韦一听到托大娘的喊声,满腔悲愤,禁不住哽咽起来,脸涨得通红,咳得更厉害了,痰盂里全是鲜红的血。托大娘走过来,轻轻抚摸着维梯韦说:

"侄女,你怎么病成这样呀?"

她转过脸来对努恩说:

"姐,你请过大夫来看了吗?"

努恩慌张得手足无措,颤抖着回答:

"你来之前,请西医大夫刚看过。"

"哎呀!姐哪!千万不要找西医大夫,他们是看不好的,还是本地大师管用。我认识一位经常在船山洞一带为人看病的大师,他很有本事。据说,用他的圣水洗一次澡,病情就会好转,洗三次就会全好。"

"哟,这位大师住得太远了,太不方便啊!"

"姐,这有什么可发愁的,船山离这里没多远,我开车去挺方便的。"

努恩叫帕侬取出一对蜡烛和一把香递给托大娘。托大娘连忙去安排请这位大师来。

当天晚上,托大娘就找人开车请那位大师来到努恩家中。大师上了年纪,拄着拐杖,满脸皱纹,黄色的袈裟披在骨瘦如柴的身体上。

大师坐在事先准备好的座位上,主人便送上茶水、香烟、槟榔。大师用沙哑的声音问道:

"请把你家的事说一说!"

努恩上前就把女儿的病情详细叙述了一番。一位邻居搬来一个装满水的木桶,水面上漂浮着白色的茉莉花骨朵。大师取来香烛置于水桶边,点燃后合十诵经,并吹向水面,再用蜡烛不停地搅动木桶中的水。

大约过了半个小时,主人和客人都席地而坐,目不转睛地注视着大师的一举一动。最后,大师将蜡烛浸入水中,烛火熄灭,以示仪式结束。这时,大师吩咐家人把维梯韦搀扶起来,让她坐在家门前的楼梯口处,大师舀起桶中的水就往正在发烧的病人身上淋过去,为了接受这圣水,让病人脱去上衣,袒露后背,这时晚风吹来,病人冷得直打哆嗦,但她咬紧牙关。大师再往她身上泼水,她浑身冻得像只刚出生的小动物,上牙磕打着下牙。这场面真叫人惨不忍睹。

努恩看在眼里,疼在心中,但她还是哽咽着劝女儿:

"孩子啊!你要忍着点,这是为你治病啊!"

大师回到座位上,吩咐说:

"明天我再来,一共三次就完事了。"

这天晚上,维梯韦的病情更加严重了。她胸中仿佛有烈火在燃烧。按照常理,得病的维梯韦应该卧床休息,盖上被子,不能受风着凉。这位所谓的大师反而用凉水浇在病人身上,这无疑是雪上加霜了。

自从得病以来,维梯韦一直沉默寡言。她想,这次得的病看来是不会好了。如果再也见不着自己的心上人,那活

枯萎的花

着又有什么意义呢?本腾哥啊!请你不要责怪我违背我们当初的约定。啊!祈求佛、法、僧三宝让我来世不再忧愁,患难与共的情人不再分离。

大师看病的那天夜里,与维梯韦关系亲密的邻居女孩络绎不绝地前来陪伴她。她不停地咳血,大家几乎都没合眼。到了黎明时分,维梯韦才慢慢入睡。

努恩趁机出门,再次请安大师为女儿算命。安大师翻阅经书,掐指算了一番说:

"你女儿病得很重,是因为中了魔箭,我得念咒驱魔消灾。你放心,这病虽然很重,不过还是可以治好的。"

下午,安大师来到努恩家,一边念咒一边将圣水像雨点般地抖洒在盖着毯子正在发烧的病人身上,接着安大师吩咐病人坐起来,两腿伸直。他嘴巴不停地努动着嚼槟榔,然后将嚼过的槟榔渣连同血红色的唾沫一起啪啪地吐在维梯韦身上。

安大师把病人折腾了一番之后,就告辞回去了。

过了一会儿,托大娘又带来一个女人到努恩家。这个

女人长得歪嘴斜眼,满脸麻子,一头蓬松的自来卷发,穿着插尾裙,一条脏兮兮的水布斜披在肩上。托大娘对努恩说:

"今天,我没再去请船山洞的大师了,因为我怀疑他可能冒犯了哪位神灵,他用圣水治维梯韦的病也没见好转。现在,我把这位英大妈请来了,她是我们附近算命最灵验的,就让她试试吧,兴许管用。"

努恩回答:

"那再好不过了!感谢你对我们这样关心,快请她来给看一看吧!"

英大妈吩咐主人备好一把切槟榔的刀、一粒米和一根线,还有香、烛等作法事用的器皿及物品。按照高棉古老的习俗,还请人敲锣打鼓。英大妈开始装神弄鬼,口中嘟嘟囔囔了一会儿,最后大声喊道:

"现在大功告成,请别担心!她一定会好起来的。"

站在旁边的帕依看见从小带大的维姑娘病情严重,心急如焚。她祈求神灵保佑这年轻的生命,让她早日康复!

浑身难受的维梯韦,这时又听见跳大神的响声,更加烦躁不安,但她一声不响,竭力强忍着,因为她知道自己得的是心病。她想,如果母亲能醒悟,解除与讨厌的奈索这门婚约,把自己嫁给本腾,她就会有好心情吃饭、睡觉,配合治疗,逐渐恢复体力,病就会自然好起来。但她始终不敢说出口,害怕违背母亲的意愿。就这样,她的病只有日益恶化,犹如一朵盛开的鲜花不断遭受一次又一次的摧残,渐渐凋落枯萎了。

努恩和帕依天天精心照顾着维梯韦,给她熬药、喂药。她们先后用了中药、越药、草药、西药、丸药,还有象牙、熊胆,除了吃药,还打针、针灸等等,总之,各种方法都用尽了。从安大师、英大妈到船山洞请来的大师,他们一个个都无济于事。维梯韦的身体仍然极度虚弱,但头脑却一直十分清醒。她想,算了,没有指望了,谁让自己前世罪孽深重呢!

十一

佛历五月,放暑假的日子来临,师生们可以休息一个月。这时,在金边念书的本腾和同学们一起乘火车回到马德望市。本腾一下火车,又乘三轮车,径自来到磅帕拉。这是一个令他伤感之地。他睹物生情,思念恋人,心情激动,难以平静。但回头一想,算了!算了,再怎么思念也无济于事,不如狠心一刀两断,了结与维梯韦的关系,衷心祝愿她今后平安幸福。

回到家两三天后,本腾就听到传言,说努恩大娘的女儿快要结婚了,男方已经把彩礼都送去了,举办婚礼的婚棚都搭建好了。本腾的心灵受到极大打击,躲在屋里,蒙着毯子大哭起来。

一天下午,他家佣人索大爷准备去野外湿地捕鱼、打猎,通常要在野外呆上半个月左右才能返回。本腾也很想跟着去,他相信大自然有一种神奇的力量,能消除痛苦,忘却烦恼,放松心情。他便请求父亲准许他和索大爷一起外出。他父亲早已看透儿子的心思,便同意了。而妹妹绍潘却很担心,央求哥哥不要去,怕他对环境不适应会生病,又怕在森林里会遭野兽袭击。

本腾回答:

"妹妹,你不用担心,因为湿地没有老虎或犀牛,只有大象而已。再说我不怕大象,我还会爬树呢!"

第二天凌晨,鸡叫头遍,索大爷就开始准备牛车等用具,绍潘姑娘忙着烧饭、烤鱼,还为索大爷和哥哥准备了一些大米和咸鱼干等。本腾醒来,开门抬头望着夜空灿烂的繁星,阵阵凉风吹来,顿觉神清气爽,然后坐上了索大爷驾的牛车,牛车在路上发出叮当叮当清脆的牛铃声,响彻在寂静的夜空。牛车离开村子,来到一块稻田,索大爷和本腾与其他村民汇合,总共有二十多人。

旱季是收割水稻后的农闲时节,磅帕拉的村民们总是相约一起去湿地从事副业,有的砍下树枝运回去当柴火;有的收集蜂蜜和蜂蜡;还有的在湖泊里捕鱼捞虾等。这些被称之为"走水淹林的人",他们往往在半夜就出发,为的是避开白天火辣辣的太阳暴晒拉车的牛,他们最心疼自家养的牛了,不让它们太受苦受累。

索大爷扬起鞭子驾着牛车走在车队的最前面,同行的人们都知道,索大爷年纪最大,经验丰富。村民们也都很喜欢本腾,觉得这孩子有礼貌,很懂事。他们一家人都很善良,做买卖从来就没有坑过别人。

大约走了一个钟头,牛车队路过一条水已干涸、河床龟裂的小溪。来到一片空旷的原野。本腾一路上沉思不语,他抬头向东方望去,只见远处一片灯火辉煌,非常壮观,有的排成长长的一字形,如同城市里照明的路灯,有的高高低低,错落有致,恰似城市中的万家灯火。这一连串的灯光足足有好几里长,装点着夜幕笼罩下的大地,煞是好看。本腾从未到过丛林湿地,他猜想这可能是传说中的魔幻宫殿。那里应该居住着一位漂亮、善良、温柔、可爱的姑娘。也许是哪位大财主的豪宅,房屋四周才会闪耀那么多的灯光。啊,维梯韦妹妹呀!如果我俩在一起,就选择在这里安居乐业,共度美好时光。再过几天,妹妹就要嫁给奈索了,那就大难临头了。我太了解妹妹了,你决不会割断我俩的真挚感情,但是,现在我衷心地祈求神灵帮助妹妹调整心态,赶快把我忘掉,与你的丈夫和睦相处!妹妹诚实善良,明辨是非,应该面对现实,清除忧愁和烦恼,让这朵含苞待放的鲜花去美化人间。

当本腾正在浮想联翩时,突然在正东面出现了一片红树林。车队已越过原野,开始进入洼地。这时,他才解开了为什么夜里灯火通明这个谜。原来是白天被灼热阳光照射的这片林子,可能是有过路人抽烟丢下的烟头引起的火灾,或许是有人为抓捕乌龟等小动物而故意点燃野草,火苗就蔓延开来。当草地的火熄灭后,灌木丛、树梢、树桩上的火苗仍然继续燃烧着。晚风习习,火苗又不断被吹燃,由于范围宽广,从远处看去,酷似城市中的街灯。这片树林之所以如此轻易地燃起大火,是因为这里是一大片焚场,生长着一种最易燃烧的灌木丛。

看到这些被烧毁的树林,有的露出树根,有的剩下树桩,本腾看着看着,觉得这些火焰好像燃烧在自己的胸膛里。啊!这被大火烧毁的树林,只剩下光秃秃的树根、树墩,剩下一片白色的灰烬。这些生命就如此轻易地被糟蹋了,这里没有飞鸟走兽,一片寂静,只是偶尔听到烧断的树枝落地的声响。

枯萎的花

快到中午时分,牛车队来到一处丘陵地,这里地势较高,雨季也未被水淹过。坡上长有一棵以前遭雷劈过的大树,黑乎乎的像焦炭,但树杈上都长满了叶子。紧挨着这棵树,还有一棵很大的酸子树,在茂密的枝叶遮荫下,有一个棚子,里面供着一尊灰黑色的神像。神像的嘴唇略显下垂,全身被一条本色的红水布包裹着。这尊神像是这个地区的土地神。车队经过这里,人们立即砍下一些树枝,摆上酒水、水果、点心等各种食品,以祈求土地神赐予他们好运,得到收获。然后,人们各自牵着牛在附近的一个湖边让牛饮水。只见这湖水清澈见底,湖中长着水浮莲和一些水草,水面上漂浮着雪白的花瓣,还有成群的鹭鸶、仙鹤、秧鸡等在悠然自在地觅食,给湖面增添了一片生机。在灿烂的阳光、蔚蓝天空的映衬下,这些动植物倒影在湖中,形成了一幅诗情画意的场景,令人无限遐想。本腾坐在树荫下,看见有的鸟儿在空中盘旋,等待时机俯冲下来抓捕湖中的鱼儿……他陶醉地欣赏着这自然风光。

这些赶车人纷纷下湖洗澡,然后围坐在一起,拿出带来的食物,边吃边说说笑笑,好不热闹。坐在旁边的本腾却低着头,阴沉着脸,勉强吃了几口,就用水布铺在草地上躺下休息,看看天空,看看鸟儿,独自想着自己的心事。

太阳下山了。磅帕拉村的车队来到一个名叫思女草原的地方。思女草原,这名字真美啊!完全切合这里的实际情况。这里地势平坦,遍地生长着戒指草和鸭毛草,犹如一条巨大的翡翠地毯铺展在地,四周环以茂密的树林和一条清澈的小溪。夕阳西下,夜幕降临,成群结队的鸟儿纷纷飞回林中的鸟巢。

思女草原!这里的风景俨然是一位美女的脸庞,然而她心中却无比忧伤。思女草原啊!本腾乍一听到这名字时闭目遐想。啊!我的心上人维梯韦!我相信你,你决不会忘却我们的爱恋,但你却要忍受你那毫无感情的丈夫。

夜深了,大家就忙乎开了,有的找来枯树枝,点燃起熊熊篝火,以免野象群来侵袭;有的生火做饭;有的拿起镰刀、斧头砍来树枝,搭建帐篷,作为临时住地。他们一边干活,一边说笑。其中有一位大约五十开外身材矮胖的男子,一头短发,他名叫白拉克,精通巫术,当过医生。他对这里的每一条路都了如指掌,跟他一起进森林的人从来就没有迷路过。他聪明过人,知道经书上的很多故事,因此,大家都一致拥戴他为头领,听从他的吩咐。

到达思女草原的当晚,大伙儿围在白拉克身边,一起抽着自己用干香蕉叶卷成的土烟,一边听着白拉克讲的有趣故事……劳累了一天的人们酣然入睡,不一会儿,鼾声如雷,其中有的人还做着美梦,梦见故事中的仙女……这些都是浪漫诗人创作的美妙诗篇,女主人公都是漂亮聪慧的仙女或公主,她们都有好听的名字,叫什么花什么花之类的。现在的年轻人可能不知道这些故事了,但是那些仙女、公主身上的体香仿佛能从贝叶书中飘散出来,安抚着这些劳累的村民进入梦乡。

村民们搭建起帐篷后,便开始过安营扎寨的生活。这队人马分为三组:一组去湖里捕鱼虾,一组去采集蜂蜜和蜂蜡;还有一组留守在营地,负责照料拉车的牲口和烧饭,把捕到的鱼加工成鱼酱、鱼干或熏鱼等。

而本腾跟着出来是为了散心的,就没有明确加入哪个组。有时他扛着捕鱼罩、捕鱼叉跟着捕鱼,当到了大湖或湖水深的时候,便用捕鱼罩、鱼叉。当遇到湖水浅或湖水几乎干涸的时候,他们就在中间挖泥垒埂,把小湖分成两半,接着用油桶做成戽斗,把湖水汲到那边,等到这边没有水后,就能轻而易举地抓到鱼了,然后再把水放回没有水的这边,恢复原样。

整个捕鱼的过程充满了欢声笑语,大家有的唱起了山歌,有的吹起口哨,有的鼓掌欢呼,一派热闹非凡的场面。在湖边的大树下,有人找来枯树枝生起火堆,挑选那些刚刚捕到的又肥又大的鲤鱼,糊上泥巴,埋在火堆里,或者把大鲇鱼用树枝穿起来直接在火上烤,烤鱼的香味四处飘散,让人垂涎欲滴。至于佐料也很简单,就是用蕉叶包的鱼酱或把酸子幼果烤一下,放在碗里与鱼酱拌在一起就行了,无需香菜或葱、姜、蒜之类的。这种烤鱼味道独特,吃起来特别过瘾。本腾在这些天里干得很欢,吃得也很香。他的脸色变得红润起来,感觉比以前精神多了。

枯萎的花

一天,本腾随采蜂蜜组走进一处密林,他看到村民们有耐力,走得快,不怕苦,对林中小道和环境都很熟悉。当见到蜂群正在花丛中采蜜时,人们要耐心等待并仔细观察,蜜蜂采蜜时,如果蜂群飞得很低,就可以判断蜂窝还离这里较远,人们不容易找到;如果蜂群飞得很高,就可跟着蜜蜂飞的方向走,就会很快发现蜂窝。蜜蜂这种反常的行为,白拉克给本腾解释说,这是蜜蜂的一种骗术。当它们高飞时,是让人们相信蜂窝还很远,低飞时,以为蜂窝很近。殊不知聪明的人类早已识破了它们的伎俩,可它们却仍然执迷不悟。

每当找到一个蜂窝,人们把拾来的枯枝、干叶堆拢,点燃,烟火就把蜜蜂熏走,然后人们便爬上树取出窝里的幼蜂、蜂蜜、蜂蜡等,满载而归。

又有一天,人们正仰头寻找蜂窝时,突然听到树枝被折断的巨响和大象的吼声。白拉克一看不妙,便大声呼叫:"伙伴们,大象追过来了!"众人惊恐万分,连忙爬到树上躲避。这时,本腾正在刮锅底的锅巴蘸蜂蜜吃着。果然,爬上树的人们看见一只体态庞大的无牙雄象从密林里窜出,快

枯萎的花

速地直冲本腾而去。本腾吓得不知所措,立即提着饭锅和盛有蜂蜜的饭碗飞奔起来。大象追赶过来,越来越近。树上的人们看在眼里,真为他捏一把汗,但不知如何是好。大象紧追不舍,本腾想爬树已经来不及了。这时,听到白拉克喊道:"快扔掉锅!扔掉碗!"本腾才醒过神来,连忙扔掉手中的两样东西。大象朝锅和碗冲过去,愤怒地踩踏着,本腾趁机爬上了一棵树。

有一天夜里,凌晨时分,劳累了一天的村民正酣睡着。突然传来三声枪响,夹杂着人群的呼喊声。那晚月光明亮,白拉克惊醒过来,凭他的经验知道一定是盗匪来了,便集合大家,抄起长柄镰刀、大刀、斧头,先跑到林子里隐蔽起来。他提醒大家,千万不要在空旷的地方与盗匪硬拼,因为他们手中有枪,至于那些东西,先让他们抢走再说。

在月光下可以清楚地看到,盗匪之中有七人端着枪,朝帐篷走去。这些歹徒,有的慌忙解开牛绳,把牛牵走,有的把鱼干、熏鱼和蜂蜡等物品迅速打成包,席卷一空,扬长而去。

当歹徒离开后,白拉克从树林里走出来,侧耳听着牛走动时的铃声和歹徒的脚步声,直到消失在茫茫夜色中。

这时,白拉克告诉大伙儿:

"这帮家伙走向那片沼泽地去了。没关系,我们走这条近路拦截他们。"

说完,便带领大家抄小路急速赶过去。当来到小路和公路交汇之地时,白拉克把人马分为两路,一路准备去夺牛,另一路去夺回被盗匪抢走的物品。

寂静的深夜,只听见蟋蟀的声响和猫头鹰偶尔的鸣叫。白拉克和他的伙伴们隐蔽在静悄悄的丛林中,阵阵微风吹来,闻到扑鼻的花香。而夜空中的圆月好像与云彩在玩捉迷藏,忽隐忽现。人们耐心地等待着……长时间不见歹徒过来,人们开始怀疑,是白拉克领错了路,还是歹徒走了另一条路呢?但他们坚信,有经验的白拉克决不会有错。

确实,白拉克没有错,因为已经开始听到越来越响的牛走动的声音,还清楚地听见匪徒头子得意地说:"这帮人都是胆小鬼,听到几声枪响就都吓跑了。"然后哈哈大笑起来。

正当匪徒得意忘形时,突然响起了一个铿锵有力的声音：

"伙伴们快上！"

大伙以锐不可当之势扑向这帮匪徒，打得他们措手不及。匪徒们一下子被打蒙了，纷纷丢下手中的武器、包裹，四处逃散。这时，只听到白拉克和大伙儿一片雀跃，欢呼声响彻夜空。

被盗匪抢夺的牛、鱼和蜂蜜等物品全都失而复得。还缴获了盗匪的枪支、刀具、斧头、手电筒、褡裢、避邪用的腰带、神符等东西。顽固抵抗的匪头和一名盗匪被大伙儿打中头部，躺倒在地，四脚朝天，一动也不动了。

白拉克安排几个人轮流看守匪徒的尸体，不让野兽来侵扰；又派两人回去把这次事件报告乡长，其余的人赶着牛车，运着劳动果实，安全返回了村子。

十二

在收到磅帕拉乡长的有关事件起诉书后，马德望市初级检察院立即询问那次森林中遭袭击的村民，以侦察取证。

在检察官当面询向之后的那天下午,本腾实在觉得很烦闷,就乘三轮车过铁桥往东岸去了。当他来到中心寺庙前,隐约听到低沉的哀乐声,看见插了一面白布缝制的有鱼图案的旗子在随风飘动,本腾顿时感觉到有一种不祥的预兆。在柬埔寨农村,人们在举办丧事时通常要挂出一面这样的旗子,死者的棺材及祭祀用品要在寺院停放数天,然后火化,丧事才算完毕。

本腾十分纳闷:"这是谁去世了,让我这么难受?"他沿着新打扫的红砖路径自往里走,棺材前放置着一幅死者照片,本腾抬头一看,浑身颤抖,泪水涌出。他迅速靠着旁边的柱子,面色苍白,差点儿倒下。

棺材的正面被涂上金色,照片上微笑的维梯韦注视着来吊唁的人们。

老天爷呀!维梯韦妹妹,你这么年轻怎么就走了呢?!本腾久久凝视着照片,心想,这是不是搞错了,怎么把维梯韦姑娘的照片放在这里?她一直微笑着,微笑着……而平时维梯韦只有愁眉苦脸,只有眼泪。

本腾自言自语,神情恍惚。这时,身后有一只冰凉的手拍了一下他的肩膀,他才惊醒过来,转身一看,原来是刚剃发的帕侬,她身穿白色孝服。

本腾苦笑着对她说:

"帕侬妈妈,我心如刀绞,欲哭无泪啊!"

帕侬停了一下,答道:

"孩子,你知道吗?努恩大娘等你好多天啦!"

本腾问道:

"帕侬妈妈,努恩大娘她怎么啦?"

帕侬说:

"你跟我来吧!我听说维姑娘写了一封信,是留给你的。"

本腾一听,颤巍巍地跟着帕侬向为办丧事而临时搭建的厨房走去。

他走近一看,有一位老妇人两颊凹陷,满脸皱纹,蜷缩着身子躺在放食品的篮子旁边。帕侬轻轻对她说:

"本腾侄子来了!"

努恩张开眼,泪流满面地问:

"谁呀?"

"本腾侄子来了!"帕依重复一遍。

过去,本腾十分厌恶这个老太太,就是她不同意让她女儿维梯韦与本腾相恋。当这次看见她这个模样,他心中的怨恨也就消除了,转而对她十分同情起来。

努恩坐了起来,声音沙哑地说:

"本腾,你过来。"

本腾走过去,努恩继续说:

"本腾,是我错了。我没想到爱情的魅力如此强大。阿维她……"提到女儿的名字,努恩泣不成声。但她竭力控制自己的情绪,过了一会儿,她哽咽着说:

"阿维她没有忘记你,在最后一息,她让我把一封早已写好的信和一枚戒指转交给你。"

努恩随即打开旁边的一只小皮箱,取出那两样东西递给本腾。本腾颤抖地捧在手里,这是一枚嵌有红宝石的戒指和一封字迹十分娟秀的信。本腾小心翼翼地装进自己的

枯萎的花

衣袋,便合十向努恩大娘和帕依大娘告辞。

努恩大娘向他挥了挥手。

当来到停放棺材和祭品的地方,本腾再次凝视照片中的维梯韦,久久不忍离去。

维梯韦给本腾的信中写道:

"亲爱的本腾哥哥:

当你读到这封信时,我已经不在人世了……我天天盼着你归来。我什么也不要,只要能见上你一面,我就心甘了。从你走后,你音讯全无,而我的病却每况愈下。我用尽全力给你写信,向你永别,一次只能写几句。哥啊,永别了!可能我前世罪孽深重,今生不能与你相聚,我希望你不要太悲伤。

另外,我请你不要过多责怪我的母亲,她是一位思想陈旧的长辈,她也不是故意要折磨我们,而是观念错了。

哥,你一定要记住我的嘱咐,继续努力学习,完成学业,获得高中学历。如果你看上哪个姑娘能给你带来幸福,就请你娶她为妻。这枚戒指是我们的定情信物,我喜欢它胜过我的生命。请你留作纪念,并转送给你爱恋的那位姑娘。

哥,你别太难过,人的命啊总有不测,不会永恒。

哥啊!妹妹永别了!"

本腾回到家已是夜深人静了。他点上油灯,一遍又一遍地看着维姑娘的这封绝笔信,眼泪像断线的珠子往下掉。

屋外冷风呼呼地刮着,不时传来幽幽的哭泣声……

图书在版编目（ＣＩＰ）数据

珠山玫瑰 /（柬）涅·泰姆,（柬）努·哈奇著；邓淑碧译. — 南京：江苏凤凰文艺出版社，2018.12
 ISBN 978-7-5594-3075-5

Ⅰ.①珠… Ⅱ.①涅… ②努… ③邓… Ⅲ.①中篇小说－小说集－柬埔寨－现代 Ⅳ.①I335.45

中国版本图书馆 CIP 数据核字(2018)第 255348 号

书　　名	珠山玫瑰
著　　者	（柬）涅·泰姆　（柬）努·哈奇
译　　者	邓淑碧
责任编辑	王娱瑶
出版发行	江苏凤凰文艺出版社
出版社地址	南京市中央路 165 号，邮编：210009
出版社网址	http://www.jswenyi.com
印　　刷	江苏凤凰通达印刷有限公司
开　　本	880×1230 毫米　1/32
印　　张	5
字　　数	100 千字
版　　次	2018 年 12 月第 1 版　2018 年 12 月第 1 次印刷
标准书号	ISBN 978-7-5594-3075-5
定　　价	32.00 元

（江苏文艺版图书凡印刷、装订错误可随时向承印厂调换）